생각하기/분류하기

인문 서가에 꽂힌 작가들 ↘
조르주 페렉 선집 5

조르주 페렉 지음

생각하기/분류하기

이충훈 옮김

문학동네

김호영

한양대학교 프랑스언어문화학과 교수

조르주 페렉 선집을 펴내며

조르주 페렉은 20세기 후반 프랑스 문학을 대표하는 위대한 작가다. 작품활동 기간은 15년 남짓이지만, 소설과 시, 희곡, 시나리오, 에세이, 미술평론 등 다양한 장르를 넘나들며 전방위적인 글쓰기를 시도했다. 1982년 45세의 나이로 생을 마감할 무렵에는 이미 20세기 유럽의 가장 중요한 작가 중 한 사람으로 평가받았다. 시대를 앞서가는 도전적인 실험정신과 탁월한 언어감각, 방대한 지식, 풍부한 이야기, 섬세한 감수성으로 종합적 문학세계를 구축한 대작가로 인정받았다.

문학동네에서 발간하는 조르주 페렉 선집은 한 작가를 소개하는 것에서 한 걸음 더 나아가 독자들의 기억에서 어느덧 희미해진 프랑스 문학의 진면목을 다시금 일깨우는 계기가 될 것이다. 특히 20세기 후반에도 프랑스 문학이 치열한 문학적 실험을 벌였고 문학의 새로운 지평을 개척하기 위해 각고의 노력을 기울였다는 사실을 생생히 전해주는 소중한 자산이 될 것이다. 근래에 프랑스 문학이 과거의 화려한 명성을 잃고 적당한 과학상식이나 기발한 말장난, 가벼운 위트, 감각적 연애 등을 다루는 소설로 연명해왔다는 판단은 정보 부족으로 인한 독자들의 오해에서 비롯된 것이다. 지난 세기말까지도 일군의 프랑스 작가들은 고유한 문학적 전통을 이어가는 동시에 그것을 뛰어넘기 위해 다양한 글쓰기를 시도해왔다. 그리고 그 최전선에 조르주 페렉이란 작가가 있었다.

이번 선집에 수록된 작품들, 『잠자는 남자』『어두운 상점』『공간의 종류들』『인생사용법』『어느 미술애호가의 방』『생각하기/분류하기』『겨울 여행/어제 여행』 등은 페렉의 방대한 문학세계의 일부를 이루지만, 그의 다양한 문학적 편력과 독창적인 글쓰기 형식을 집약적으로 보여주는 중요한 작품들이다. 이로써 우리는 동시대 사회와 인간에 대한 그의 예리한 분석을, 일상의 공간과 사물들에 대한 정치한 소묘를, 개인과 집단의 기억에 대한 무한한 기록을, 미술을 비롯한 예술 전반에 대한 해박한 지식을 만날 수 있다. 20세기 후반 독특한 실험문학 모임 '울리포OuLiPo'의 일원이었던 페렉은 다양한 분야와 장르를 넘나들며 문학의 영역을 확장하는 데 도움이 될 만한 기발한 재료들을 발견했고, 투철한 실험정신을 발휘해 이를 작품 속에 녹여냈다. 그러나 그가 시도한 실험들 사이사이에는 삶의 평범한 사물들과 일상의 순간들, 존재들에 대한 따뜻한 시선이 배어 있다. 이 시선과의 마주침은 페렉 선집을 읽는 또하나의 즐거움이리라.

수많은 프랑스 문학 연구자들의 평가처럼, 페렉은 플로베르 못지않게 정확하고 냉정한 묘사를 보여주었고 누보로망 작가들만큼 급진적인 글쓰기 실험을 시도했으며 프루스트의 섬세하고 예리한 감성을 표현해냈다. 그 모두를 보여주면서, 그 모두로부터 한 발 더 나아가려 했던 작가. 20세기 중반 이후 서구 작가들이 형식적으로든 내용상으로든 더이상 새로운 것을 만들어낼 수 없다는 자조에 빠져 있을 때, 페렉은 아랑곳하지 않고 문학의 안팎을 유유히 돌아다니며 '익숙하면서도 새로운' 무언가를 만들어 독자들 앞에 끊임없이 펼쳐 보였다. 페렉 문학의 정수를 담고 있는 이번 선집은 20세기 후반 프랑스 문학이 걸어온 쉽지 않은 도정을 축약해 제시하는 충실한 안내도 역할을 해줄 것이다. 나아가 언젠가부터 새로움을 기대하기 어려워진 우리 문학에도 분명한 지표를 제시해줄 것이다.

차례

일러두기

1. 한국어판은 1985년 초판본(Paris: Hachette)과 2003년 개정판(Paris: Seuil)을 번갈아 참조했다. 각 글의 원 출처는 「서지 사항」을 참조하기 바란다.

2. '＊'로 표시된 본문 주는 옮긴이주이며, 숫자가 달린 주는 원주이다. 본문에 등장하는 인물 정보는 한국어판 부록 「인명 사전」을 참조하기 바란다.

3. 책제목이나 외래어 이외에, 원서에서 특별히 이탤릭체나 대문자로 강조한 단어는 작은따옴표로 묶거나 고딕체로 표시했다. 단, 「나는 말레와 이삭을 기억한다」에서는 이탤릭체, 볼드체를 그대로 살렸고, 대문자로 된 부분은 고딕체로 표시했다.

4. 단행본이나 잡지는 『 』로, 논문은 「 」로, 영화, 그림, 공연 등은 〈 〉로 표시했다.

1985년에 출간된 『생각하기/분류하기』는 1982년 3월 3일 조르주 페렉이 죽고 난 후에 묶어 편집한 첫 산문집이다.

조르주 페렉은 세상을 이해해보고자 분류한다. 그러면서 관습적으로 받아들여진 틀에 박힌 감각의 세상과 굳어져버린 서열을 끊임없이 뒤집어보았다. 매일 바라보는 존재와 사물이라 하더라도 그가 응시하게 되면 전혀 예상치 않았던 밀도가 생겨나고, 바로 이런 것이 당혹스럽기도 하지만 또 감탄도 자아내는 것이다.

이 책의 차례는 에릭 보마탱, 마르셀 베나부, 에바 파블리코브스카의 우정 어린 도움을 받아 확정되었다.

이번에 새로 출간된 『생각하기/분류하기』는 페렉 사후에 묶어 '21세기 총서'로 이미 출간된 일곱 권의 산문집*에 추가되어 제자리를 찾게 되었다.

이 책을 재구성하는 데 없어서는 안 될 도움을 준 엘라 비넨펠트에게 심심한 감사의 뜻을 전한다.

모리스 올랑데

*쇠이유 출판사에서 '21세기 총서'로 간행된
『일상 하위의 것』(1989), 『기원』(1989), 『나는
태어났다』(1990), 『소프라노 성악가, 그리고
다른 과학적 글들』(1991), 『총전선. 60년대의
모험』(1992), 『겨울여행』(1993), 『아름다운
실재, 아름다운 부재』(1994)의 일곱 권을 말한다.

모색중인 것에 대한 노트

글을 쓰기 시작한 후부터 내가 모색해왔던 것이 무엇인지 구체화해
본다면, 머리를 스치는 첫번째 생각은 내가 쓴 책 중에 비슷한 책은
하나도 없고, 먼저 쓴 책에서 구상했던 표현, 체계, 기법을 다른 책에
절대 다시 써보려고 하지 않았다는 점이다.
    이렇게 계획적으로 부린 변덕 탓에 이 책에서 저 책으로 작가가
남긴 '발자국'을 열심히 찾아보고자 한 몇몇 비평가들은 여러 번 길
을 잃었고, 분명 내 독자들 몇몇도 당황스러워했을 것이다. 이 때문
에 나는 일종의 컴퓨터라느니, 원고 만드는 기계라느니 하는 명성을
얻었다. 나라면 차라리 여러 밭을 가는 농부에다 날 비유하겠다. 그
중 하나에는 사탕무를, 또다른 밭에는 자주개자리를, 세번째 밭에는
옥수수 등을 심는 농부 말이다. 마찬가지로 내가 쓴 책들은 서로 다
른 밭 네 필, 네 가지 질문 방식과 연관되는데, 결국에는 어쩌면 같은
질문일지도 모르겠지만 내게는 매번 각기 다른 문학작업 양식에 걸
맞은 개별적인 관점에 따라 제기된 것들이다.
    이 질문들 중 첫번째는 '사회학적' 방식, 즉 일상을 어떻게 바라
볼 수 있는가 하는 것으로 규정해볼 수 있다.『사물들』『공간의 종류
들』『파리의 어느 장소에 대한 완벽한 묘사 시도』 등의 책과, 장 뒤
비뇨와 폴 비릴리오가 중심이 되어 1972년에 창간한 잡지『코즈 코

뭔』위원회와 수행한 작업이 그 출발점이다. 두번째는 자서전 영역
에 속하는데,『W 혹은 유년기의 추억』『어두운 상점』『나는 기억한
다』『내가 잠들었던 공간들』* 등이 여기에 해당한다. 세번째는 유
희적인 방식으로, 제약을 설정하고, 화려한 구문 유희들을 부려보
고, 단계적 어조나 음률의 유희들을 사용하기 좋아하는 내 취향과
도 부합하고, 내가 울리포**에 있을 때 아이디어를 얻고 쓰는 법을
배워 풀어낸 모든 작업과도 맞아떨어진다. 즉 팔랭드롬, 리포그람,
팡그람, 아나그람, 이조그람, 이합체, 십자말풀이 등의 유희가 그것
이다.*** 마지막 네번째는 소설적인 것, 이야기와 사건의 우여곡절
에 대한 취향, 침대에 배를 깔고 엎드려 후딱 읽어치우는 책을 써보
고자 하는 소망과 관련한 것으로,『인생사용법』이 그 대표적 예다.

　이런 구분은 다소 자의적인 것이며 훨씬 더 세부적으로 나눠볼
수도 있다. 나는 대부분의 책에다 당연히 어느 정도 (예를 들어 어느
장章을 쓰면서 그날 갑자기 일어난 사건에 대한 암시를 은근슬쩍 하
나 끼워넣으면서) 자전적 표식을 해두는 걸 굳이 피하진 않는다. 무
엇이든 울리포적 구성과 제한이 나를 속박하지 않고 상징적인 것일
뿐이라면, 어떻게든 이런저런 울리포적 제약을 두거나 울리포적인
구성을 따라 작업한다.

　사실상 내 작업에 있어―나를 둘러싼 세상, 나 자신의 고유한
이야기, 언어, 허구라고 하는―네 지평을 정의하는 이 네 극極을 뛰
어넘어, 작가로서 나의 야심은 결코 내가 걸어온 길을 되돌아본다거

12

<hr />

*1969년 페렉이 모리스 나도에게 보낸
편지에서 "아주 오래된 프로젝트로서 네 권
정도로 구성되는 방대한 자전적 전집"을
준비하고 있다고 밝혔는데,『W 혹은 유년기의
추억』만 출간되었고, 나머지를 포함해 방에 관한
기억과 공간 탐색을 보여주는 카탈로그식 구성의
이 책도 결국 미완성 프로젝트로 남고 말았다.
**OuLiPo. '잠재문학작업실Ouvroir de
Littérature Potentielle'의 약자로, 1960년대
수학자 프랑수아 르 리오네와 작가 레몽 크노가
중심이 되어 창단한 프랑스 실험문학 집단이다.
조르주 페렉은 울리포에 1967년에 합류한다.

***팔랭드롬palindrome은 '회문回文'
이라고도 하며 앞뒤 어느 쪽에서 읽어도 같은
글이다. 리포그람lipogramme은 '제자체除字體'
라고도 하며 특정한 문자를 빼고 쓴 글을
가리킨다. 팡그람pangramme은 알파벳문자를
모두 포함해서 쓴 글을, 아나그람anagramme은
어구의 문자 순서를 재조합해 새 어구를 만드는
방식의 글을 가리킨다. 이조그람isogramme은,
예를 들어 나란한 두 시구가 정확히 동일한
철자로 구성되지만 띄어쓰기 등의 방식으로 전혀
다른 의미를 갖게 만드는 것이다.
이합체acrostiche는 각 줄의 첫 글자를 붙여
읽으면 그 시의 주요 단어나 작가 이름이
만들어지는 시를 말한다.

나 내가 남긴 흔적을 뒤따른다든가 하는 감정 없이, 내 시대의 모든 문학을 섭렵하고 오늘날 문인이 쓸 수 있는 모든 것을 써보고자 하는 데 있는 것 같다. 두꺼운 책이든 짧은 책이든, 소설이든 시든, 드라마든, 오페라 대본이든, 탐정소설이든, 모험소설이든, 과학소설이든, 대중 연재물이든, 아동서든……

내 작업을 추상적이고 이론적인 말로 설명해야 했을 때 나는 늘 마음이 편치 않았다. 비록 내가 쓰는 글이 오랫동안 구상한 프로그램과 상당 기간 준비한 프로젝트에서 나온 것일지라도, 내가 어떻게 나아갈 것인지는 오히려 일을 해나가면서 발견되고 또 그러는 가운데 드러난다고 나는 생각한다. 책이 한 권씩 나올 때마다 (항상 '앞으로 나올 책'에, 글을 쓰고자 욕망할수록 절망적으로 이끌리는 말로 표현할 수 없는 것을 가리키는 미완의 책에 매달렸기에) 때로는 위안의 감정을, 때로는 불편함을 느낀다. 그 책들은 하나의 길을 닦아나가며, 공간에 표식을 세우고, 모색의 여정을 따라가면서, '왜'인지는 말할 수 없어도 '어떻게'인지는 말할 수 있는 연구 단계를 하나하나 빠짐없이 그리고 있다. 나는 막연하나마 내가 쓴 책들이 문학에 대해 내가 품고 있는 총체적 이미지에 그 의미들을 새기고, 또 그 안에서 의미를 띤다고 느끼지만, 이 이미지를 결코 정확히 포착할 수는 없을 것 같다. 그 이미지는 내게 글쓰기 너머의 것이며, '나는 왜 글을 쓰나'라는 물음에 대한 것으로, 이는 내가 오직 글을 쓰면서만, 기어코 완성되고야 마는 하나의 퍼즐처럼 계속해서 써나가면서, 이 이미지가 가시화되어갈 바로 그 순간을 끊임없이 유예시키면서만, 답할 수 있을 뿐이다.

13

살다habiter 동사의 몇 가지
용례에 대해서

내가 거주하는 건물 앞을 지나고 있다면, "나는 여기 산다"라거나, 더 구체적으로 "나는 안뜰 끝에 있는 이층에 산다"라고 말할 수 있고, 이러한 단언에 행정적 어투를 더하고 싶다면 "나는 안뜰 끝에서 C계단을 올라 바로 보이는 집에 산다"라고 말할 수도 있다.

만약 내가 살고 있는 거리에 있다면, "나는 저쪽 13번지에 산다" "나는 13번지에 산다" "나는 이 길 반대쪽 끝에 산다" 혹은 "나는 피자집 옆에 산다"라고 할 수도 있다.

파리에 있는 누군가 내게 어디에 사는지 묻는다면, 나는 몇십 개의 괜찮은 대답 중에 하나를 선택한다. 그 사람이 린네 거리를 알거라는 확신이 선다면 "나는 린네 거리에 삽니다"라고 답하면 그만일 텐데, 대개는 그 거리의 지리적 위치를 꼬치꼬치 말해줘야 할 상황까지 갈 것이다. 예를 들어 "나는 생틸레르 병원 옆에 있는 린네 거리에 삽니다"(택시 운전사들은 이 병원을 아주 잘 안다), 혹은 "나는 린네 거리에 삽니다. 쥐시외에 있죠"라거나, "이과 대학 옆의 린네 거리에 삽니다" "나는 식물원 근처에 있는 린네 거리에 삽니다" "이슬람 사원 가까운 데 있는 린네 거리에 삽니다" 등으로 말할 수 있다. 드물게는 "나는 5구에 삽니다" "나는 다섯번째 구에 삽니다" "카르티에 라탱에 삽니다"라거나 "나는 좌안左岸에 삽니다"라고 말하게 될 수도 있다.

프랑스 어디에서든 (정확히 파리와 그 외곽지대가 아니라면) "나는 파리 산다"라거나 "나는 파리에 산다"(이 두 표현법에는 차이가 있다. 그런데 그 차이는 어떤 것일까?)라고 말해도 다들 알아들으리라 나는 거의 확신한다. 또 "나는 수도에 산다"라고 말할 수도 있고(그런 말은 한 번도 해본 적이 없는 것 같다), "나는 빛의 도시에 산다" "예전에 뤼테스라고 불리던 도시에 산다"라고 말하는 것도 충분히 생각해볼 수 있다. 주소를 밝히는 것이라기보다는 소설의 도입부 비슷하긴 하지만 말이다. 반대로 "나는 북위 48도 50, 동경 2도 20 지점에 삽니다" 혹은 "나는 베를린에서 890킬로미터, 콘스탄티노플에서 2600킬로미터, 마드리드에서 1444킬로미터 거리에 있는 곳에 삽니다"처럼 말한다면, 이를 알아들을 사람은 아무도 없을 것이다.

발본*에 산다면 "나는 코트다쥐르 삽니다" 혹은 "나는 앙티브 근처에 삽니다"라고 말할 수 있었으리라. 그러나 나는 파리에 사니까 "나는 파리 지역에 삽니다"라거나 "나는 파리 분지에 삽니다" "나는 센강 유역에 삽니다"라고 말할 수 없다.

더이상 어떤 상황에서 "나는 루아르 강 북쪽에 삽니다"라는 말이 들어맞을지 나도 잘 모르겠다.

"나는 프랑스 삽니다" 혹은 "나는 프랑스에 삽니다"라고 말하는 경우, 내가 공식적으로 프랑스(예를 들어 DOM**)에 있다고 해도, '프랑스 본토' 밖의 어떤 지점에 대한 정보를 제공해야 할 수도 있을 것이다. "나는 프랑스 본토 산다"라고 한다면, 이 말은 무례하게 들릴 수밖에 없을 것이다. 반대로 내가 니스에 사는 코르시카 사람이거나 라 로셸에 사는 레 섬사람이라면 "나는 뭍에 산다"라고 제대로 말할 수 있으리라.

"나는 유럽에 산다"와 같은 이런 식의 정보는 오스트레일리아 수도 캔버라 주재 일본 대사관에서 만날 법한 미국인에게나 흥미를 끌 수 있을 것이다. "Oh, you live in Europe(오, 유럽에 사신다

16

---

*지중해에 면한 프랑스 남부 지역.   **département d'outre mer의 약자로, 프랑스령 해외도海外道를 일컫는 말.

고요)?" 그는 그렇게 내 얘기를 되묻겠고 그러면 나는 분명히 다음과 같이 콕 짚어서 말해줘야 할 것이다. "I am here only for a few—hours, days, weeks, months(여기 온 지 얼마—몇 시간, 몇 날, 몇 주, 몇 달—안 됐어요)."

　"나는 지구라는 행성에 산다." 이렇게 누구에겐가 말할 기회가 있을까? 그가 우리가 사는 하계로 내려온 '제3종'*의 존재라면, 그 점을 벌써 알고 있을 수도 있겠다. 내가 있는 곳이 아르크투루스**나 KX1809B1 어디쯤이라면 반드시 다음처럼 명시해주어야 할 것이다. "나는 태양계 주요 행성들 가운데 태양과의 거리로부터 오름차순으로 세번째 행성(그러니까 생명체가 사는 단 하나의 행성)에 삽니다" 혹은 "나는 제일 젊은 별인 황색왜성이 거느린 행성들 중 한 곳에 삽니다. 평범한 은하계 변방에 있죠. 제멋대로 붙인 이름이기는 하지만 은하수라고 부르죠." 그러면 그가 내게 이렇게 답할 경우의 수가 10억 곱하기 1억(즉 10의 이십제곱)분의 1쯤이라도 있을까 모르겠다. "아, 그래요, 지구……"

17

*원문에 페렉이 따옴표로 강조해둔 걸 감안할 때, 1978년 프랑스에 배급된 미국의 스티븐 스필버그 감독의 SF 영화 〈미지와의 조우Close Encounters of the Third Kind〉(1977)를 연상시키는 대목.

**북쪽 하늘의 큰곰자리와 뱀자리 사이에 있는 목자자리에서 가장 밝은 오렌지색 별로, 북두칠성 남쪽에 있다.

내 작업대에 있는 물건들에
관한 노트

내 작업대에는 물건들이 많다. 제일 오래된 것은 물론 만년필이다. 제일 최근 것은 지난주에 구입한 작고 둥근 재떨이인데, 백색 세라믹 제품으로, 베이루트에서의 희생자들을 기리는 기념물이 장식되어 있다(추측건대 최근 일어난 것*이 아니라 1914년 일차대전의 희생자들 같다).

   나는 하루에 몇 시간씩 작업대 앞에 앉아 시간을 보낸다. 가끔은 작업대가 말끔히 치워져 있으면 어떨까 싶을 때도 있다. 그러나 대체로 무엇 하나 더 올려놓을 수 없을 정도까지 한가득인 편이 더 좋다. 내 책상은 길이 1미터 40센티미터에 너비 70센티미터의 유리판으로, 금속 사각대가 그 밑을 받치고 있다. 안정성이라는 면에서는 불합격이지만 물건을 올려놓거나 거기다 더 쌓아올릴 수도 있으니 결과적으로는 그럭저럭 괜찮다. 말하자면 물건들 무게가 책상 균형을 유지한 채 버틸 수 있게 해준다.

   나는 또 꽤 자주 작업대를 정돈한다. 물건 전부를 다른 곳으로 옮기고 하나하나 제자리를 찾아주는 일이다. 유리판을 행주로(가끔 전용 세제를 묻혀서) 닦고 물건 하나하나 똑같이 그렇게 닦는다. 이때 문제는 이 물건을 책상에 둘 것인가 말 것인가를 결정하는 일이

---

*1970년대 한창이던 레바논 내전을 떠올린 대목.

다(그다음에는 그 물건마다 제자리를 찾아주어야 할 테지만, 이건 그리 어렵지 않다).

이렇게 내 자리 정돈을 무턱대고 하는 일은 드물다. 대개 때마침 작업을 시작하거나 끝낼 때 하게 되는데, 딱히 정해지지 않은 어중간한 하루중에, 그러니까 책상에 계속 앉아 있어야 할지 말지도 잘 모르겠는 때라든가 정렬, 정돈, 배열과도 같이 혼자서 하는 자성적인 그런 일들에나 매달리게 되는 때에 한다. 바로 이런 순간에 나는 원상태 그대로 손닿은 흔적이 없는 작업 계획을 머릿속으로 세워보는 것이다. 물건은 예외 없이 제자리에 놓여 있고, 넘치는 것도 모자란 것도 없고, 연필은 다 말끔하게 깎여 있고(그런데 나는 왜 여러 자루의 연필을 사용할까? 얼핏 보아도 여섯 자루나 된다!), 종이가 차곡차곡 쌓여 있거나, 더 낫게는 종이 한 장 없이 단지 백지가 보이게 펼쳐진 노트 한 권만 있는 그런 상태에서 말이다(회사 사장이 쓰는 나무랄 데 없이 반들거리는 책상 신화가 바로 이런 것이다. 나는 작은 강철 요새 같은 책상을 하나 본 적이 있는데, 전자기기나 그 비슷한 것들이 안에 가득 들어 있어서 가장자리의 엄청난 계기판 단추를 조작하면 나타났다 사라졌다 했다⋯⋯).

나중에 작업이 진전되고 있거나 제자리걸음을 하게 되면 내 작업대는 이런저런 물건으로 가득차는데, 이중에는 단지 우연찮게 모인 것(전지가위, 접이식 자)도 있고, 일시적 필요에 의해 모인 것도 있다(커피 잔). 어떤 것은 몇 분 있다가 치워지고, 어떤 것은 며칠씩 있기도 하고, 필시 우발적으로 가져온 것일 어떤 것은 계속 거기 놓여 있기도 할 것이다. 글을 쓰는 작업에 직접적으로 관련된 물건(종이, 문구류, 책)만 중요한 것은 아니다. 또다른 것들은 일상적으로 하는 습관(흡연)이나 주기적으로 하는 짓들(코담배, 그림 그리기, 사탕 먹기, 혼자 하는 카드놀이, 퍼즐 풀기), 또는 (누름단추가 달린 작은 달력을 오늘 자로 맞추기 같은) 미신적인 강박관념과 관련된 물건들이거나, 어떤 특별한 기능도 없지만 추억하게 한다거나, 촉각적이거나 시각적인 즐거움을 준다거나, 자질구레한 장식품(상자, 돌, 조약돌, 꽃 한 송이만 꽂는 꽃병)을 모으는 취향과 관련된 물건들이다.

대체로 작업대에 있는 물건이 거기에 있는 건 내가 그 물건들이 그곳에 있어야 한다고 여기기 때문이라고 말할 수도 있으리라. 그건 그 물건이 가진 기능 때문도 아니고, 단지 내가 소홀해서도 아니다. 예를 들어 튜브에 담긴 풀은 내 작업대에 없다. 바로 옆 작은 가구의 서랍 속에 있다. 조금 전 나는 풀을 사용한 다음 제자리에 가져다두었다. 작업대 위에 놓아둘 수도 있었지만 이를 거의 기계적이다시피 정돈했던 것이다('거의'라고 한 것은, 작업대에 놓인 것을 묘사하면서도 나는 내가 하는 몸짓에 더 주의를 기울이기 때문이다). 이와 같이, 작업에 필요하지만 작업대 위에 없거나 항상 있지는 않은 물건(풀, 가위, 스카치테이프, 잉크병, 스테이플러)이 있고, 당장 필요하지 않거나(편지 봉인용 도장) 다른 일에 필요하거나(손톱 다듬는 줄) 전혀 필요하지 않은데도(암모나이트) 작업대에 놓인 물건들이 있다.

21

 어떤 면에서 그 물건들은 선택된 것이고, 다른 것보다 내가 선호하는 물건들이다. 예를 들어 작업대에는 (내가 담배를 끊지 않는다면) 분명 언제나 재떨이가 있겠지만, 항상 똑같은 재떨이는 아닐 것이다. 보통 재떨이는 바꾸는 일 없이 오래 쓴다. 어느 날, 파고들어보면 아마도 흥미로울지도 모르겠지만 그 기준이 바뀌어, 재떨이를 다른 곳(예를 들어 타이프를 치는 책상 옆이나 사전을 올려놓는 선반 옆, 혹은 책장 위나 다른 방)에 두거나 그 자리에 다른 재떨이를 가져다 둘 것이다(내가 이전에 꺼냈던 말들은 분명히 무효화될 것이다. 바로 지금 이 순간 작업대 위에 재떨이가 세 개 있다. 재떨이

두 개가 더 있는 셈인데 둘 다 비어 있다. 하나는 희생자들을 기리는 장식 재떨이로 최근에 갖게 된 것이다. 다른 하나는 높은 곳에서 잉골슈타트 시 건물 지붕들을 내려다본 아름다운 풍경을 그린 것인데 깨져 있던 것을 최근에 다시 붙였다. 현재 사용하고 있는 재떨이는 검은색 플라스틱으로 된 것으로, 흰색 금속 재질 뚜껑에는 구멍이 여러 개 뚫려 있다. 나는 재떨이들을 바라보고 묘사하면서 한편으로는 그것들이 내 애장품 목록에 들어 있지 않다는 점을 깨닫는다. 희생자 기념 장식 재떨이는 정말 너무 작아서 식탁용으로나 써야 한다. 잉골슈타트 풍경이 그려진 재떨이는 너무 깨지기 쉽다. 뚜껑 달린 검은색 재떨이에는 비벼 끈 담배가 타고 있다……).

등 하나, 담배 상자, 꽃 한 송이만 꽂는 꽃병, 불붙이개, 색색의 작은 카드가 들어 있는 마분지 상자, 삶아 굳힌 마분지로 만들어 비늘 상감을 새긴 대형 잉크병, 유리로 된 연필꽂이, 돌 몇 개, 나무를 잘 다듬어 만든 상자 세 개, 자명종, 누름단추가 달린 달력, 납덩어리, 대형 시가 상자(시가는 없고 자질구레한 물건만 가득하다), 답장을 써야 하는 편지들을 밀어넣을 수 있는 나선형 편지꽂이, 반들반들하게 연마된 돌로 만든 단도 자루, 장부, 노트 몇 권, 철하지 않은 종이 뭉치, 글 쓰는 데 필요한 여러 가지 기구 또는 보조물, 커다란 압지틀, 책 여러 권, 연필이 가득 들어 있는 유리잔, 금박을 입힌 작은 나무상자(목록을 작성하는 것만큼 쉬운 일은 없어 보이겠지만, 사실 보기보다 훨씬 복잡하다. 항상 무언가를 빼먹게 되고, 기타 등등이라고 써버릴까 싶기도 하지만, 기타 등등을 붙이지 않아야 정확한 목록이다. 현대의 글쓰기는—미셸 뷔토르 같은—몇몇 드문 경우를 제외한다면 열거하는 기술을 잊어버렸다. 라블레의 목록이라든지, 『해저 2만 리』 속에 나오는 린네식 어류 열거법이라든지, 『그랜트 선장의

아이들』에서 오스트레일리아를 탐험했던 지리학자들을 나열하는
방식이라든지……).

내 작업대 위의 물건들에 대한 이야기를 써볼까 생각한 것은 벌
써 여러 해 전이다. 3년 전쯤 초반만 써두고 말았다. 그걸 다시 읽어
보면서, 그때 썼던 일곱 개 물건 가운데 네 개가 아직도 작업대에 있
다는 것을 알았다(그사이에 이사를 했는데도 말이다). 두 개는 바뀌
었다. 압지틀을 다른 것으로 바꿨고(둘 다 꽤 비슷하지만 새로 산 게
더 크다), 건전지로 작동되는 (이미 적어둔 대로 침대 머리맡 탁자
가 원래 자리였고 지금도 거기에 있는) 자명종을 태엽장치 자명종
으로 바꿨다. 세번째 물건은 작업대에서 없어졌다. 팔면이 서로 붙
어 모양을 변화무쌍하게 바꿀 수 있는 안전유리로 된 입방체로, 프
랑수아 르 리오네가 내게 주었다. 지금은 다른 방 라디에이터 선반
에 여러 개의 또다른 짜맞추기 큐빅과 퍼즐(그중 하나가 작업대에
있다. 두 벌로 된 조각 맞추기 놀이로, 흰색과 검은색으로 된 플라스
틱 재질의 일곱 조각이 두 벌이라 기하학적 모양을 무한대에 가깝게
만들 수 있다) 옆에 놓여 있다.

23

예전에는 작업대가 없었다. 작업하는 데 쓰는 특별한 책상이 없
었다는 말이다. 요즘은 여전히 꽤나 자주 카페에서 작업하게 된다.
하지만 집에서는 작업대가 아닌 다른 곳에서 작업(글쓰기)하는 일
은 드물고(이를테면 침대에서는 결코 안 쓴다), 내 작업대는 오직
작업용으로만 쓴다(다시 한번 이렇게 쓰다보니 아주 정확한 말은
아니라는 점이 확실히 드러난다. 한 해에 두세 번 친구들을 초대해
노는 일이 있는데, 그때 사전을 잔뜩 쌓아놓은 선반과 작업대를 싹
치우고 종이 식탁보를 덮어서 그 위에 음식을 차린다).

이처럼 이 글에는 내 취향의 어떤 역사가(변함없이 이어져온
취향, 변화된 취향, 그 양상들이) 기록될 것이다. 더 정확히, 다시 한

번 말하자면, 이는 내 공간을 기록하는 방식이자, 일상적으로 내가 반복하는 일에 대한 다소 삐딱한 접근이며, 내가 하는 작업과 나의 역사와 나의 관심사에 대해 말하는 하나의 방식이자, 내 경험의 일부를 이루는 무언가를 막연히 성찰하는 수준에서가 아니라 그것이 생겨난 중심에서 포착하기 위한 노력일 것이다.

I. 블레비*: 자그마한 이층 방

정말이지 아주 작은 방이었다. 가로 3미터 세로 2미터나 될까. 문 바로 왼쪽 구석에 침대가 있었는데 철제 침대가 아니었나 싶다. 침대 머리 왼쪽에는 길(브레졸 길이었나?)을 향해 난 창문과 맞은편 집 정원 담장이 있었는데, 그 커다란 대저택 안으로 들어가본 적은 한 번도 없다.

침대 맞은편 벽에는 벽난로가 있었고(그 위에 대형 거울이 걸려 있었던가?), 벽난로 양쪽에는 벽장이 있었다. 왼쪽 벽장 안에다가는 소지품들을 넣었고, 오른쪽 벽장에는 책이나 방학 때 읽을 것들을 되는대로 쌓아두었다. 주로 탐정소설이나 과학소설이었고, 『미스터리 매거진』『서스펜스』『앨프리드 히치콕 매거진』『픽션』 등의 잡지도 빠짐없이 다 있었으며, (『갤럭시』였던가?) 이름이 생각 안 나는 다른 잡지들도 있었다.

거기서 결코 안 읽을 법했던 탐정소설까지 전부 읽었고 가장 인상 깊었던 소설들이 무엇이었나 아직도 기억나긴 하지만, 우연히 그 책들을 다시 읽거나 여러 해 동안 찾아보고 나서 요새는 그때 왜 그랬을까 되물어본다. 물론 애거사 크리스티의 소설, 더 특별하게는 명탐정 에르퀼 푸아로가 나오는 그녀의 소설들이지만, 빌 밸린저의

*파리 서쪽 마이유부아 코묀의 작은 도시.

『이齒와 손톱』과『정오의 중앙역』(윌리엄 아이리시),『죽여야 할 하녀들』(팻 맥기어였나?)도 있다. 과학소설로는 존 아밀라의『스페이드 9』, 시어도어 스터전의『꿈꾸는 크리스털』이 있고, 과학소설은 아니지만 스프레이그 드 캠프의『고릴라 시대』도 있는데 생각해보면 참 시시한 것 같기도 하다.『무한의 경유지』라는 제목이 붙은 단편집도 있었다.

　　창문 앞에는 밀짚으로 엮은 의자와 책상이 하나씩 있었다. 그걸 보면 6월에 대학입학자격시험에 떨어지고 재시험을 준비하면서 보냈던 끔찍한 여름방학이 떠오른다. 창문 맞은편 벽에는 작은 서랍장이 하나 있었다. 전등(나무를 다듬어 만든 작은 천장걸이용 등이었던가?), 벽지, 분명히 벽에 걸려 있던 여러 장(두 장이었나?)의 복제 그림이니 하는 나머지는 기억나지 않는다.

26

II. 니빌레*

1950년대 초, 나는 보베 근처 니빌레 시골집에서 여름 막바지 며칠을 보냈다. 열다섯 살 무렵이다. 그 집은 고급스러운 취향과 정성이 물씬 드러나는 가구가 딸린 아주 예쁜 집이었다. 기억하기에, 그 집에서 휴가를 보내던 어른들은 내가 뭐 하나에 손이라도 대면 어쩌나 싶어 노심초사했던 것 같다.

　　나는 방에서 자지 않고 본채에 딸린 건물 중 한 곳에 있던 개조된 방에서 잤는데, 예전에는 '카페 겸 레스토랑taverne'으로서 이곳에 옛날식 광이나 빵 굽는 화덕이 있었을 것이다. 길이가 길고, 폭은 좁디좁고, 천장은 낮고, 약간 아래쪽에 있고(계단 세 칸을 내려가야 그리로 들어갈 수 있었다), 작은 창유리가 달린 창문 두 개가 뚫려 있었으니, 그런 식으로 개조하는 데 안성맞춤이라 별로 고칠 것도 없는 곳이었다. 높다란 장작 받침쇠들이 있는 큰 벽난로며(벽난로 중 하나로 말할 것 같으면 딱 봐도 정말 가짜지만, 소 한 마리를 통구이

---

*파리 북쪽의 피카르디 지방 우아즈 주에 있는 코뮌.

할 수 있을 정도였다), 벽난로 선반으로 썼던 두꺼운 들보 위에 놓은 주석 용기며, 굉장히 긴 (수도원) 탁자 하나와 그 옆으로 덧대어 놓은 기다란 의자 두 개가 있었다. 아토스가 다르타냥에게 마음의 고통을 털어놓았던(『삼총사』를 읽은 기억이 아직도 선연하다) 고색창연한 어두운 이 홀의 성격을 보다 사실적으로 복원시켜보려고 말이다.

침대는—폭이 대단히 좁고 긴 의자였는데—지금은 기억나지 않는 그 방의 다른 중요한 여러 것들과는 전체적으로 좀 어울리지 않았다.

그 집에 대해 내가 기억하는 것이 딱 하나 있다. 언젠가 도자기 27
상자를 연 적이 있다. 담배가 있었는데, 분명 여러 해 동안 그 안에 들어 있었던 것 같다. 종이는 노랬고, 담뱃잎은 죽어버린 것처럼 말라비틀어지고 오그라들어 있었다.

그해는 내 자전거 인생의 황금기(게다가 실제로 유일한 해)였다. 경주용 자전거를 한 대 갖고 있었는데, 진짜 프로들의 자전거처럼 핸들 부분을 거기에 적격인 붕대 테이프로 감아놓은 것이었다. 나는 루이종 보베나 된 듯 그 자전거를 타고 파리로 돌아왔다.

III. 앙겡*

1946년인가 1947년인가(열 살이나 열한 살 때) 나는 치료차 보름간 앙겡에 간 적이 있다(그 시절 나는 만성 부비강염을 앓고 있었다). 어떤 부인(뚱뚱했던가?) 집에 묵었는데, 그녀에 대한 기억은 첫날밤 내게 잠자기 전에 기도를 하는지 물었던 것밖에 없다.

침대는 방 한구석에 있었다. 누우면 왼쪽이 벽이고 침대 발치 방향에 방문이 나 있었다. 창은 오른편에 있었다. 침대 머리 위에는 십자가가 걸려 있었는데, 회양목 잎줄기 하나가 가로로 달려 있었다.

---

*파리 북쪽 일드프랑스의 발두아즈 주에 있는 코뮌.

첫날 밤에 모기가 눈꺼풀을 물어서 여러 날 동안 눈이 팅팅 부어 있었다.

치료가 어땠는지 하는 기억은 전혀 남아 있지 않다. 딱 한 가지만 떠오른다. 녹슨 색깔이라 해야 할 미지근한 물, 냄새가 지독한 (썩은 달걀 냄새가 났던가?) 그 물을 여러 잔 마시고 내뱉어야 했다. 사실 그 치료법은 부비강염에 아무런 효과가 없었고, 나는 스무 살까지 별별 치료를 다 받아야 했지만 어떤 방법으로도 낫지 않았다.

1977년 10월

책을 정리하는 기술과 방법에
대한 간략 노트

장서藏書[1]란 어떤 것이든 이중의 필요에 부응하며, 곧잘 이중의 괴벽
으로도 이어진다. 어떤 물건(책)을 보관하는 괴벽과 몇몇 방식에 따
라 정돈하는 괴벽이 그것이다.

한 친구는 언젠가 장서 수를 361권으로 맞추려는 계획을 세웠
다. 다음과 같은 생각이었다. 책의 수 n에서 시작해서 가감법으로
K의 수=361에 이르게 되는데, 이 숫자를 만족시키는 장서는 이상
적이지는 않더라도 적어도 충분하다고 생각할 수 있다. 이제 새로
운 책 X를 얻기 위해서는 반드시 먼저 예전의 책 Z를 (선물로 준다
거나, 버린다거나, 판다거나, 그에 걸맞은 완전히 다른 어떤 방법으
로) 제거해야만 한다는 규칙을 정한다. 그러면 전체 장서 수 K는 항
상 361이 된다.

$$K+X>361>K-Z$$

이 매력적인 계획은 이미 예상됐던 여러 걸림돌에 부딪혔는데, 이
에 필요한 해결책을 다음과 같이 찾게 되었다. 우선—플레이아드

1. 나는 독서를 직업으로 삼지 않은 사람이 일상적으로 이용하면서 즐거움을 얻기 위해 모
아놓은 책을 통틀어 장서라고 부른다. 애서가의 컬렉션과 견적 장정본*은 여기에 포함되
지 않으며 대부분의 전문 도서관 (예를 들어 대학 도서관) 역시 마찬가지다. 전문 도서관
과 관련된 특수 문제들은 공공 도서관에도 해당된다.

*서재 등을 장식하기 위해 미터 단위로 구입하는 장정본.

총서의 경우—한 권의 책이라고 했을 때, 그 안에 설사 세(3) 편의 장편소설(여러 권의 시집, 여러 편의 산문 등)이 들어 있다 해도 책 한(1) 권의 가치로 봐야 했다. 같은 작가의 세(3) 편, 네(4) 편, 혹은 n(n) 편의 장편소설은, 아직 책으로 묶이지 않았으나 나중에 필수적으로 『전집』에 수록되는 글들처럼, (암묵적으로) 이 저자의 한(1) 권의 책으로서 가치를 지닌다고 결론지었다. 그렇게 보면 최근에 구한 19세기 후반 영어권의 모 작가가 쓴 모 소설은, 새로운 책 X가 아니라 작업이 계속 진행중인 시리즈에 속하는 책 Z로 논리적으로 셈해야 함을 고려해야 할 것이다. 다시 말해 (그런 게 존재하게 될지는 신만이 알겠지만) 모든 소설의 집합 T는 지금 말한 소설가가 쓰고 있는 것이다. 이는 결코 처음 세웠던 계획을 바꾼 게 아니다. 단순히 361개의 작품들을 말하는 게 아니라, 장서로서 충분하려면 이상적으로 361명의 '저자'로 구성되어야 한다고 정해야 했는데, 그들은 얇은 작품집이든 트럭 한 대 분량의 책이든 써내려갔던 자들이다. 이렇게 변경해서 몇 년 동안은 효과를 보게 된다. 하지만 어떤 책들—예를 들면 무협지들—은 저자가 아예 없거나 여러 명이 쓴 것이고, 어떤 저자들—예를 들면 다다이스트들—은 서로 떼놓고 생각할 경우 이들이 주는 재미의 팔구십 퍼센트가 자동적으로 사라져버리리라는 것은 불 보듯 뻔하다. 그래서 장서를 361개의 '주제'로—모호한 말이긴 하지만 그 주제가 거느리고 있는 집합어들도 가끔 모호하긴 마찬가지니—제한하자는 생각을 했고, 지금까지도 전적으로 이 제한을 적용시키고 있다.

결국, 읽은 책이나 언제고 읽어야지 하는 책을 보관하는 사람이 맞닥뜨리는 중대 문제 중 하나는 장서의 증가다. 모든 사람이 네모 선장*이 되는 행운을 갖게 되는 것은 아니니까.

*쥘 베른의 『해저 2만리』와 『신비의 섬』에
등장하는 인물.

"……노틸러스호가 처음으로 바다 밑으로 잠수하던 날이
내게는 세상의 끝이었습니다. 그날 내가 산 책, 팸플릿, 신
문이 마지막이었던 거죠. 그후 인류가 더는 생각하지도, 글
을 쓰지도 않았다고 저는 믿고 싶습니다."

네모 선장의 책 일만 이천 권은 균일하게 장정되어 분류가 완전히
끝났다. 네모 선장이 명시하듯, 그의 분류법은 어쨌든 언어의 관점
에서 본다면 불명료한 만큼 더 수월했다(이는 결코 장서를 정돈하
는 기술과 관련된 게 아니라, 그저 네모 선장이 모든 언어를 정도의
차이 없이 구사한다는 점을 독자에게 일깨우기 위한 추가사항일 뿐
이다). 그러나 끈질기게 생각하고, 끈질기게 글을 쓰고, 무엇보다 끈
질기게 출판하는 인류와 계속 살아가야 하는 우리에게는, 장서의 증
가야말로 유일한 현실적 문제임이 명백하다. 열 권, 스무 권 혹은 백
권까지는 보관하는 데 큰 어려움이 없다. 그러나 삼백예순한 권이
되거나, 천 권, 삼천 권이 되고, 더욱이 책 수가 거의 매일 증가하면,
우선 이 책 전부를 어딘가에 정리하는 문제가, 다음으로는 이러저러
한 이유로 읽거나 다시 읽고 싶거나 읽어야만 할 때 쉽게 손닿을 수
있는 곳에 책을 둘 수 있는지의 문제가 제기된다.

따라서 장서 문제는 이중적으로 나타난다. 공간 문제가 하나이
고, 순서 문제가 그다음이다.

31

1. 공간에 대해서

1.1. 총론
책을 분산시키지 않고 한곳에 모아둔다. 잼 병들을 모두 한 찬장에
넣듯이 모든 책을 정해진 한곳이나 일정한 여러 장소에 둔다. 책을

보관하고자 한다면 여행 가방에 넣어둘 수도 있고, 지하실이나 광, 또는 벽장에 둘 수도 있겠지만, 일반적으로 선호하는 방식은 책을 눈에 잘 띄는 곳에 두는 것이다.

실제로 책을 배열할 때는 벽이나 칸막이벽을 따라서, 너무 깊지도 너무 넓지도 않은 평행한 직선 받침대 위에 한 권씩 나란히 두는 것이 보통이다. 책은―보통은―세워서 정리하는데, 그렇게 하면 책 등에 인쇄된 제목을 볼 수 있다(간혹 서점 진열장에다 하는 것과 같이 책 표지를 볼 수 있게끔 하는 일도 있는데, 이런 책은 흔히 보는 책이 아니고 금서이거나 충격적이라 여겨지는 것이 다반사로, 책의 단면만 볼 수 있을 뿐이다).

오늘날 가구 배치에서 책장은 '구석'에 놓인다. '구석 서가'인 셈이다. 이는 대개 '거실' 전체에 속하는 구성단위로, 거실에는 또 다음과 같은 것들이 포함된다.

32

접이식 홈바
접이식 책상
양문형 식기장
하이파이 놓는 가구
텔레비전 놓는 가구
슬라이드 영사기 놓는 가구
진열장
기타 등등

카탈로그에 제시된 게 이런 것들로, 책장에는 가짜로 제본한 책 몇 권이 갖춰져 있다.

실제로 책을 모아둘 수 있는 곳이 어디가 되든 상관없긴 하지만 말이다.

1.2. 책을 둘 수 있는 곳
현관 입구

거실

방 하나 혹은 여럿

화장실

주방에는 한 종류의 책만, 정확히 말해서 흔히 '요리책'이라고 부르는 책만 두는 것이 보통이다.

많은 사람이 욕실에서 책을 읽는 것을 좋아하기는 하지만 그곳에 책을 두는 일은 드물다. 주변이 습한 곳은 인쇄물 보관의 최대 적이라고 다들 생각한다. 욕실에는 기껏해야 약 넣는 수납장밖에 없고 그 안에는 『의사가 오기 전에 뭘 해야 하지?』라는 제목의 소책자뿐이지 않은가?

33

1.3. 책을 둘 수 있는 여러 지점
벽난로나 라디에이터 선반(그러나 이곳은 뜨겁기 때문에 결국 책에 다소 해가 될 수 있음을 고려해야 할 것이다),

두 개의 창문 사이,

쓰지 않는 문틀 속,

책장 발판 위, 이 경우 발판은 사용할 수 없게 된다(아주 멋지다. 에르네스트 르낭의 발판형 서가 참조),

창문 아래,

비스듬하게 사선으로 배치되어 방을 두 부분으로 나누어주는 가구(아주 멋지다. 화분을 몇 개 가져다놓으면 더 멋진 효과를 얻을 수 있다).

1.4. 책은 아니지만 책장에서 자주 볼 수 있는 물건
금도금된 놋쇠 틀로 된 액자 속 사진들, 작은 판화 몇 장, 펜으로 그
린 그림 몇 장, 굽 달린 잔에 꽂은 말린 꽃, 화학 성냥이 들어 있거나
없는 불붙이개(위험하다), 장난감 병정들, 콜레주드프랑스 연구실
에서 찍은 르낭의 사진, 우편엽서들, 인형 눈알 몇 개, 상자들, 루프
트한자 항공사에서 받은 소금, 후추, 겨자 봉지, 우편물 저울, X자 갈
고리 몇 개, 구슬 몇 개, 파이프 담배 소제기, 옛날 자동차들을 축소
한 모형 몇 개, 색색의 조약돌과 자갈들, 봉헌물 몇 개, 용수철 몇 개.

34

2. 순서에 대해서

정돈하지 않으면 서가는 점점 무질서해진다. 엔트로피가 무엇인지
배울 때 예로 제시된 것이 이것이며, 나는 여러 번 실험으로 이를 증
명했다.

책장의 무질서는 그 자체로는 심각한 일이 아니다. 말하자면
'양말을 어느 서랍에 넣었더라?'라는 문제와 같다. 우리는 항상 이
런저런 책을 어디에 두었는지 본능적으로 알게 되리라 생각한다.
또 모른다 해도 책장 선반 전체를 빠르게 훑는 일이 결코 어려운 일
은 아닐 것이다.

이렇게 책장의 무질서를 호의적으로 변론하는 입장과, 물건은
각자 제자리가 있고 자리마다 적합한 물건이 있고 그 역 또한 성립
한다는 쩨쩨한 개인 관료주의에 대한 유혹이 맞선다. 팽팽히 맞서는
이 두 입장 중 하나는 자유방임, 우직한 무정부주의를 중시하고, 다
른 하나는 백지상태tabula rasa의 미덕, 깔끔하게 정돈함으로써 얻게 되
는 효과 만점의 냉철함을 찬미하는데, 결론이야 언제나 자기 책을
정리해보자는 것이다. 끔찍한 일이고 맥 빠지는 일이기는 하지만,

유쾌한 기쁨을 얻을 수도 있다. 오래전부터 뵈지 않아 잊고 말았던 책을, 오늘 할 일을 다음날로 미룬 채 침대에 판판히 배를 깔고 누워 재차 읽어재낄 책을 되찾게 되는 그런 기쁨 말이다.

2.1. 책을 정리하는 방식
알파벳 순서대로
대륙별 혹은 국가별로
색깔별로
구입 순서대로
출간 순서대로
판형별로
장르별로
문학사 시기별로
언어별로
우선적으로 읽어야 할 것부터
장정별로
시리즈별로

어떤 분류법도 한 가지만으로는 만족스럽지 않다. 실제로 장서를 정돈할 때는 이런 분류법들을 섞어서 활용한다. 분류법들 간 균형을 맞춰주거나, 분류법이 바뀌지 않도록 하거나, 낡아버린 분류법을 폐기하거나, 어떤 분류법은 남기거나 함에 따라, 장서마다 독특한 개성이 생긴다.

우선 항구 분류법과 임시 분류법을 구분하는 것이 좋겠다. 항구 분류법은 원칙상 계속 지켜나가야 하는 방법이다. 임시 분류법은 며칠만 써야지 하는 방법인데, 책에 제자리를 찾아주거나 다시 제자리로 되돌리는 데 시간이 걸리기 때문이다. 최근에 구했지만 아직 못

읽은 책이거나, 최근에 읽었지만 어디에 둘지 모르겠고 다음번에 '대大정리' 기회가 오면 정리해야겠다고 생각했던 책이거나, 다시 집어들어 다 끝내기 전에는 정리하고 싶지 않은 읽다 만 책이거나, 일정 기간 동안 항상 이용했던 책이거나, 뭘 좀 알아보거나 참고하려고 꺼내놨다가 아직 제자리에 가져다두지 않았던 책이거나, 당신 책이 아니라 돌려주리라 여러 번 약속했기에 적절한 자리에 둘 수 없었던 책 등이 이에 해당한다.

내 경우 소장 도서 중 4분의 3가량은 실제로 한 번도 분류되어 본 적이 없다. 최종적으로 임시 분류되지 않은 책들은 임시적으로 최종 분류되었다. 울리포에서처럼 말이다. 그러면서 책을 이 방에서 저 방으로, 이 책장에서 저 책장으로, 이 무더기에서 저 무더기로 오며 가며 꽂다가, 책 하나를 찾는 데 세 시간을 허비하게 된다. 결국 찾던 책은 발견하지 못했지만 다른 예닐곱 권의 책을 발견하면서, 이 또한 잘한 일이라는 만족감이 간혹 들기도 한다.

2.2. 정리하기 아주 쉬운 책

붉은색 장정의 쥘 베른 대형 판본(진짜 에첼판*일 수도 있고, 아셰트 출판사에서 다시 찍은 판본일 수도 있다), 대형 서적들, 아주 작은 책들, 베데커 여행서들, 희귀본이나 희귀본이라 여겨지는 책들, 장정본들, 플레이아드 총서들, 프레장스뒤퓌튀르 총서들, 미뉘 출판사 간행 소설들, 총서류(샹주 총서, 텍스트 총서, 레레트르누벨 총서, 르슈맹 총서 등), 적어도 세 권 이상 갖고 있는 정기간행물 등.

2.3. 정리가 그리 어렵지 않은 책

감독에 관한 평론들, 영화배우 화보집이나 영화 장면을 묶은 책과 같은 영화 관련서, 남아메리카 소설, 민족학 책, 정신분석학 책, 요리책들(앞에 나온 내용 참조), (전화기 옆) 전화번호부, 독일 낭만

*쥘 베른이 탐험 시리즈를 출간할 당시 첫 편찬을 맡은 작가이자 편찬자였던 피에르쥘 에첼 (Pierre-Jules Hetzel, 1814~1886)은, 삽화로 들어갈 자그마한 판화 작업을 위해 여러 아티스트들과 협업해 붉은색 호화 대형 장정으로 꾸밈새 있게 만들어냄으로써, 작가와 작품 역시 대성공을 거두었다. 이후 1914년 아셰트 출판사에 발행권을 넘겼다.

주의 책들, 크세주 문고들(한꺼번에 모아둘 것인지 주제별로 정리할 것인지가 문제) 등.

2.4. 정리가 비교적 불가능한 책

언급하지 않은 그 밖의 책들. 예를 들면 한 권뿐인 정기간행물이나, 참모본부 출신 장교로 제31대 용기병 사령관 베구엥 씨가 독일어에서 프랑스어로 번역하고 지도 한 장을 첨부한 클라우제비츠의 『1812년 러시아 원정』(파리: R. 샤플로군사서적주식회사, 1900년) 또는 『미국 현대 언어학회 간행물들』 91권 6호(1976년 11월)도 그렇다. 이 간행물에는 언급한 학회의 정기총회에서 나온 666개 연구 회합에 대한 프로그램이 들어 있다.

37

2.5. 다른 모든 책의 열쇠가 될 책을 찾는 보르헤스의 바벨의 도서관 사서들처럼, 우리는 완성된 것에 대한 환상과 파악할 수 없는 것을 마주했을 때 생기는 현기증 사이를 부단히 오간다. 완성된 것이 있다고 생각하면서, 우리는 단번에 지식에 이를 수 있게 해줄 유일한 질서가 존재한다고 믿고 싶어한다. 파악할 수 없는 것을 고려해, 질서와 무질서가 우연성을 가리키는 두 개의 같은 말이라고 생각하고 싶어한다.

이 두 가지는 책과 체계의 마멸을 은폐하는 데 쓰이는 미끼요, 눈속임일 수도 있을 것이다.

어쨌든 우리의 장서가 이 둘 사이에서 때때로 잊지 않기 위해 표시해둔 곳으로서, 고양이의 쉼터로, 잡동사니 창고로 쓰이는 것도 나쁘지 않은 일이다.

열두 개의 삐딱한 시선

1
기성품 제조사

자카르 무늬* 라운드 재킷(215프랑)과 함께 입는 천연 순 양모 플란넬 원피스(420프랑), 햇살 모양 주름이 잡힌 양모 스커트(295프랑)와 트위드 바탕에 자카르 무늬가 들어간 라운드 양모 스웨터(185프랑) 위에 걸쳐 입는 투명 장식 상의(360프랑).

순 양모 나사 골프 바지(250프랑)와 둥근 깃 자카르 재킷(225프랑)에 잘 어울리는 민소매 상의(165프랑), 순 양모 체크무늬 스커트(230프랑)와 세일러 깃이 달린 양모 상의(250프랑).

위를 접은 주머니가 달린 순 양모의 사선 체크무늬 스커트(235프랑), 앞에 단추가 달린 브이넥 카디건(195프랑), 햇살 모양 주름이 잡힌 바둑판무늬 플란넬 스커트(280프랑)와 클로딘 깃이 달린 순 양모 상의(265프랑).

소맷부리가 비단으로 된 라운드 넥 날염 모슬린 원피스와 햇살 모양 주름이 잡힌 스커트(400프랑).

층층으로 색이 엷어지는 수평 줄무늬 인조견 브이넥 스웨터(175프랑), 아세테이트 혼방 재질의 짧은 치마바지(300프랑)에 잘 어울리는 스카프(65프랑), 하늘하늘한 레이온 원피스(370프랑)와 맞춰 입는 기하학무늬 인조견 롱 카디건(235프랑).

*19세기 프랑스 발명가 자카르가 만든 직기로 짜낸 무늬로, 날줄을 엇바꿔 아래위로 이동시키며 짜내는 패턴 무늬.

날염 크레이프 인조견으로 맞춘 주름 깃 싱글 재킷과 주름치마(450프랑), 작은 꽃무늬가 날염된 모슬린 인조견으로 맞춘 햇살 모양 주름치마와 V형으로 각진 깃이 달리고 소매가 주름진 상의(500프랑).

둥근 깃과 비단 커프스가 달린 순모 저지 원피스, 파이핑 들어간 상의와 주름치마(450프랑), 순모 저지 세트로 파이핑이 들어간 커프스와 주머니가 달린 세일러 깃 비단 상의, 단추를 안쪽에 감춘 주름치마(525프랑).

순 양모 플란넬 세트로 같은 천 투피스 상의, 단추 달린 짧은 조끼, 주름이 많이 잡힌 스커트(790프랑), 장식 리본이 달린 라운드 깃 실크 블라우스(250프랑).

주름 잡힌 저지 망토와 딱 어울리는, 정면에 주름을 넣은 스커트(420프랑).

아동 컬렉션으로, 날염된 면 새틴으로 만든 4세용 덧옷(90프랑).

체형별 자카르 무늬 스웨터와 블라우스 115프랑에서 155프랑(6-8세). 스카프(65프랑)와 잘 어울리는 베레모(55프랑, 75프랑).

최근 바람막이 시설을 갖춘 버스 정류장마다 포스터가 엄청나게 붙었는데, 지난 10월경 1-2주 동안 끔찍할 정도로 '아이 같은' 시선을 한 세 아이가 위에 언급한 스웨터와 스카프, 베레모를 멋지게 선전하는 포스터였다. 그 포즈, 표현력, 의상, 그 관계에서, 나는 광고가 이용해먹는 신화 차원에서는 물론이거니와, 현실이라고 여겨질 법한 차원(모델로서의 아이들의 존재, 아이들에게 맡겨진 역할, 아이들 스스로 연출한 역할, 아이들을—심리적이고 경제적인—수단이자 목적으로 삼는 끊임없는 엄청난 투자)에서도, 우리가 살고 있는 세상에서 나타날 수 있는 가장 비열한 모습 중 하나를 보았다.

2
피혁 제품 제조사

유행이란 사람들이 몰리는 만큼 구분을 짓는 것이리라. 고가 상품의 공유 또는 행복한 소수주의 등 이런 식의 구분짓기 말이다. 어찌됐든 이해할 수 있는 일이긴 하다. 하지만 귀족주의가 아니냐는 비난을 뒤집어쓸 위험에도 불구하고 왜 그토록 많은 사람이 제조사 모노그램이 달린 가방을 과시하면서 우쭐해하는지에 대해서는 궁금증이 가시지 않는다. 사람들은 소중한 물건(셔츠, 가방, 둥근 냅킨 고리 등)에 자기 이니셜을 새겨 중요성을 부여한다. 당연히 그렇다. 하지만 제조사의 이니셜은 왜? 정말이지, 이는 내 이해력 밖의 일이다. 41

3
'머스트'

유행의 마법 주문은 "마음에 드세요?"가 아니라 "사셔야 해요"다.

사야 한다. 영어로는 "It's a must." 드라페 거리의 보석상은 자기가 만든 라이터와 시계 이름을 그렇게 붙였다.

나를 놀라게 한 건 이름 그 자체가 아니라, 이름 뒤에 작은 R을 원에 넣어 등록 표시했다는 점인데, 이는 상품 제조인이 그 명칭을 쓰는 데 배타적 권리를 확보했다는 뜻이다.

경우에 따라 유행 물품은 전혀 중요하지 않다. 중요한 것은 이름, 상표, 디자이너의 서명날인이다. 물건에 이름이 없고 서명이 없으면 존재하지 않는다고도 할 수 있다. 오로지 서명뿐이다. 하지만 서명은 금세 힘을 잃는다. 라이터나 시계보다 빨리. 유행이 바뀌는 것은 그 때문이다.

은근한 독재가 아니겠냐고들 한다, 그러나 나는 그다지 확신이 서지 않는다.

4

쉬어가는 일화 하나

몇 년 전 나는 석 달 사이에 파리(프랑스), 자르브뤼켄(독일), 코번
트리(영국), 뉴욕(미국)에 소재한 네 군데 중국 식당에서 네 번의
식사를 할 일이 있었다. 식당 인테리어는 대동소이했고 중국적 특징
은 매번 (용, 한자, 등燈, 칠기, 붉은색 벽지 등) 동일한 기호에 근거
한 것이었다. 음식에 있어서는 중국적 특징이 훨씬 덜했다. 기준으
로 삼을 만한 것이 전혀 없었으므로 그때까지 나는 (프랑스식) 중
국 음식이 중국 음식이라고 순박하게 생각하고 있었다. 그러나 (독
일식) 중국 음식은 독일 음식과 유사했고, (영국식) 중국 음식은
(완두콩의 녹색……) 영국 음식과 유사했고, (미국식) 중국 음식
은 진짜 미국식의 무엇도 아니면서 중국적인 무엇도 아니란 건 확
실했다. 이 일화가 내게는 의미심장해 보였지만, 그게 정확히 뭔지
는 모르겠다.

5

인용

유행: 풍속의 한 부분으로, 고정되지 않고 변하기 쉬우며, 장식, 의
복, 가구, 장신구 등에 절대적인 영향력을 행사하는 것. 이 말은 말
그대로 '마니에르'*를 뜻하는데, 다시 말해 좋아도 굉장히 좋은 것,
더는 이성적으로는 생각할 수 없는 것이다. 그러나 유행은 일시적으
로만 쓰이고 마는 것으로, 자주 취향이 망가졌을 때 갖게 되는 일시
적 욕망에서 그 원인을 찾을 수 있다. 취향이 망가지면 허영심을 채
우려 하고, 유명인, 부자, 유한계급이 누리는 향유를 다양화시키려
한다. 하층계급은 유행을 거의 모르지만, 유행은 근면한 수많은 노
동자를 먹여 살린다. 아시아 사람들은 취향이 좋다거나, 의지가 강
하다거나, 변덕스럽지 않다기보다는 열정이 넘치는 사람들이다. 아
시아인들의 제도, 관념, 풍속은 안정적이라서 변하는 일이 거의 없

*manière. 본래 '태도, 기법, 양식' 등을
뜻하는데, 특히 문학에서는 습관적인 반복이나
모방 수법을 통해 강조된 작품의 형식이나
기교의 특색을 가리킨다.

다. 아시아인들은 유행을 모르는 반면, 문명화된 유럽, 특히 프랑스에서는 유행이 무소불위의 힘을 가지며, 그곳에서는 빠르고 가벼운 인상들이 꼬리에 꼬리를 물고 뒤를 잇는다.(바슐레와 드조브리,『문학, 예술, 도덕, 정치학의 일반 사전』, 파리: 들라그라브, 1882)

　　무엇보다 훌륭한 취향과 우아함이라는 점에서 뛰어난 파리 패션은 거의 세계적으로 모든 외국에서 따르고 있으며, 패션 상품은 프랑스의 주요 수출 품목 중 하나다. 프랑스 세관이 패션 상품으로 징수한 세금만 한 해 500만 프랑 이상에 달한다.(부이예,『학문, 문학, 예술의 보편 사전』, 파리: 아셰트, 1854)

43

6
질문 1

왜 유행에 대해 말할까? 진정 흥미로운 주제라서?

　　유행하는 주제라서?

　　더 보편적인 질문을 제기해볼 수도 있을 것이다. 유행, 스포츠, '휴가,' 공동생활, 교육, '자연보호,' 문화 환경 등과 같은 현대 제도에 관한 것 말이다. 내가 보기에는, 이런 것들 때문에 애초에는 즐기거나 향유하고 있던, 그러고자 했을 뿐인 활동이, 이제는 고통이나 형벌까지는 아닐지라도 시련으로 변한 것 같다.(조르주 세박,『일상적인 마조히즘』, 파리: 르푸앙데트르 출판사, 1972 참조)

　　유행하는 어떤 대상에 대해, 흔히들 광란의 인기를 끈다고 말한다. 하지만 유행에는 광란적인 무언가가, 진정으로 광란에 가까운 무언가가 있는 것이 아닐까? 게다가 광란적일 뿐 아니라 떠들썩한 것이, 대단히 떠들썩한 것, 우레와 같은 것이 있다. 그것은 침묵을 가볍게 대한다. 유행, 그것은 귀를 찢는 소란이다.

7

그럼에도 불구하고……

그것은 틀림없이 즐거움을 준다. 육체의 즐거움, 게임의 즐거움, 옷을 입는 즐거움, 똑같이 혹은 다른 식으로 옷을 입는 즐거움, 때로는 변장하는 즐거움, 발견하고 상상하는 즐거움, 무언가를 재발견하는 즐거움, 변화의 즐거움이 있다.

그런 것을 유행이라 일컫는 것이리라. 향유의 방식, 소규모 모임이나 낭비를 할 때 느끼는 감정, 하찮고 쓸모없고 비용이 들지 않고 유쾌한 어떤 것 말이다. 새로운 요리를, 몸짓을, 표현을, 게임을, 의복을, 산책할 수 있는 곳을, 춤을 만들어내고, 자기 발명품을 남들과 공유하고, 다른 이들의 발명품을 함께 사용할 수 있을 것이다. 그저 몇 시간 혹은 몇 달뿐일 수도 있겠지만 말이다. 그만 진력이 나기도 할 것이고, 혹은 진력이 나버린 척할 수도 있을 것이다. 다시 돌아올 수도, 돌아오지 않을 수도 있을 것이다. 그것은 학교에서 보내는 쉬는 시간 같은 것이리라. 처음에는 술래잡기놀이를 했다가, 다음에는 공놀이로 술래를 잡다가, 구슬치기를 하다가, 다 함께 빗과 화장지로 음악을 연주하다가, 담뱃갑을 모았던 그 시간 말이다.

그러나 그렇지 않다. 결단코, 전혀 그렇지 않다. 유행에 대한 논의를 시작하기에 앞서, 현대의 다양한 이데올로기가 내는 제법 다채로운 빛들이 유행 관련 진상들을 조명하기에 앞서, 우리는 유행이란 것이 그런 것이 아니리라는 점을 이미 알고 있다.

하지만 유행이라면 변덕, 본능, 공상, 발명, 경박이라는 말이다. 그렇지만 이것은 거짓말이다. 유행은 전적으로 폭력의 편에 있다. 모델을 따르고 그에 집착하는 폭력, 사회적 합의에서 나오는 폭력이면서 그뒤에 경멸을 숨기고 있는 폭력인 것이다.

8
질문 2

유행 과정에서 대단히 기대할 만한 거라곤 없다. 유행은 존재한다. 다들 알고 있다. 유행은 생기고 사라지고 만들어지고 퍼지고 소비된다. 유행은 우리의 일상생활 전반에 개입한다.

모든 유행 현상은 다음과 같은 단순한 사실로 수렴된다. 유행이 만들어내는 건 물건도 사실도 아닌 단지 기호, 즉 집단 전체가 매여 있는 표식이다. 그러므로 유일한 문제는 이것이다. 왜 이런 기호들이 필요한가? 이렇게 말해도 괜찮다면, 다른 곳에서 기호를 찾을 수는 없는가?

유행 그 자체의 진상을 우리의 상업문명이 드러낸 힘없는 경련일 뿐이라고 보면서 (막대기 끝에 매단 당근 같은 무언가) 조잡한 제도로만 여긴다면, 무얼 할 수 있겠는가? 유행을 피해 돌아갈 수 있는가? 유행을 벗어날 수 있는가? 아니면 달리 무엇을 하겠는지?

45

9
대안들

유행이 있고 없고를 떠나서 그 원리의 효력을 의심하지 않으면서, 유행 현상에 대한 다양한 변화를 제안해볼 수 있다.

A) 주기에 변화를 주기

보통 유행은 계절을 탄다. 월별, 주별, 더 자주는 나날의 유행도 가능할 것이다. 예를 들어 월요일 의상, 화요일 의상, 수요일 의상, 목요일 의상, 금요일 의상, 토요일 의상, 일요일 의상이 있을 수 있다. 다른 유행 현상도 분명 마찬가지다.

결국 "그날의 취향에 맞는다"고 표현해야 딱 들어맞는 의미일 것이다.

B) 유행 영역을 확장하기

수많은 사물, 장소, 사람이 유행을 탄다. 지금껏 유행이 거의 감행된 적이 없던 영역에서 더 많은 유행을 시도해볼 수도 있을 것이다. 한 예로 짝수 날마다 유행을 시도해보는 것이 있겠다. 또는 카운터를 유행시켜보면 어떨까? 카페, 식당, 상점마다 석유램프를 달고 오래된 금전등록기를 비치해보는 것이다. 은행 지점을 (성공 보증수표인) 미국식 바처럼 꾸며 개장할 용기가 있는 대담한 은행가는 어떤 사람일까? 혹은 누가 코랑탱셀통 지하철역(엘리트의 역, 코랑탱셀통 역에서 내리세요!)을 유행시키게 될까?

46

C) 방임주의를 심화시키기

주목했던바 유행은 다음과 같이 폭넓은 것이었다. 유행은 서로 안 어울릴 거라고 생각했을 법한 몇몇 모델, 사람, 작품을 동시에 내놓는다(이는—치마 길이와 상관없이 앞으로 맞추게 될—의복의 유행에서뿐 아니라 미용과 관련한 대부분의 유행에서도 그러하다). 이런 경향을 애써 강요하지 않더라도 모든 것이 유행할 수 있는 세상이 올 것이다.

D) 편파성을 고조시키기

이는 상반되는 경향일 것이다. 특정 순간, 특정 영역에서 유행이 되는 것은 단 '하나'뿐이리라. 예를 들어 농구화나 칠리 콘 카르네,* 브루크너의 교향곡이 그렇다. 이것들은 이내 청소부 부츠, 드무아젤 타탱 타르트, 코렐리의 교회 소나타로 바뀔 것이다. 이런 사실에 더 큰 비중을 두(고 프랑스를 이끌어나가는 사람들이 경제 위기를 더욱 효과적으로 대처하고 극복할 수 있으)려면, 다음과 같은 이 절대적 필요성에 법의 가치를 부여해야 한다는 걸 가정해볼 수 있을 것

*간 소고기에 강낭콩, 칠리파우더를 넣고 끓인 매운 스튜.

이다. 즉 앞으로 국민이 어떤 조건에서 신발을 신고, 밥을 먹고, 음악을 들어야 하는지는 신문 매체를 통해 알맞은 때에 숙지하게 되리라는 것에 말이다.

E) 마지막으로 시간이 아니라 공간에 적용할 수 있는 유행을 생각해 볼 수 있다. 유행 현상은 더이상 시간이 아니라 공간에 따라 나뉠 것이고, 더이상 일정치 않은 리듬이나 예측 불가능한 우연성에 좌지우지되지 않을 것이고, 그 속도가 빠르든 느리든 불가피하게 폐기되는 일도 없을 것이고, 하루아침에 사라져버리지도 않을 것이고, 더이상 일관성 없이, 매혹도 없이 지극히 평범하게 다시 나타나는 일도 없을 것이다. 47

　모든 유행은 동시에 존재할 것이고, 전 세계로 흘러들어갈 것이며, 이제 더이상 시기가 아닌 거리와 관련된 것으로 여겨질 것이다.
　이미 여기서 본 것은 다른 곳에서 절대 찾을 수 없을 것이다. 따라서 아마 여행은 낯선 곳으로 간다는 본연의 의미를 되찾으리라. 우리 모두의 마음속 깊은 곳에는 모피의 나라, 슈크루트*를 먹는 사람들의 나라, 양모를 짜 만든 두꺼운 방한모를 쓴 사람들의 나라를 방문하러 가는 꿈을 꾸는 작은 마르코 폴로가 잠들어 있을 것이다.

10
더 정확히 말하자면

유행은 불안정한 것, 손에 쥘 수 없는 것, 망각을 부각시킨다. 하찮은 경험은 하찮은 기호, 고색古色을 칠하고 인조가죽을 입힌 기교, 조잡하기 이를 데 없는 모조품으로 귀결된다. 진짜라 해도 그 자체로 하찮은 것이라면 그것의 하찮음은 기만 속에서 공인받아온 그 뼈대만 남을 때까지 졸아들고 만다. 새롭고 세련되어 보이지만 진부함을 감

*프랑스 알자스 지방과 독일에서 감자와
소시지에 곁들여 즐겨 먹는 양배추 절임 요리.

출 수 없는 단순한 곡조나 모조 보석의 그럴싸한 이미테이션 등이 그렇다. 그것은 작위적인 묵인이자, 부재하는 대화다. 최신형……이라는 실체 없는 코드의 빈곤함이나 공유될 뿐이다.

유행의 반대, 이것이 분명 유행에 뒤처진 것을 가리키는 건 아니다. 유행이란 현재일 수밖에 없으니까. 여기 있는 것, 닻을 내리고 끈질기게 버티며 영원히 자리잡고 있는 것, 즉 대상과 그것의 기억, 존재와 그 역사인 것이다.

유행에 반대하거나 반대하고자 하는 것은 대단한 일이 아니다. 아마도 바랄 수 있는 것은 유행에서 비껴나 있는 것, 유행이라는 사실 자체(유행을 따르기/유행에 뒤처지기)가 부과한 배제라는 것이 더는 들어맞지 않게 되는 곳에 머무는 것이리라.

의복, 색깔, 제스처에 순수하게 관심을 기울일 때, 서로 취향을 나누며 즐거움을 얻을 때, 관습, 역사, 존재가 비밀스러운 평온 상태에 놓일 때라면 가능할 수도 있겠다.

다음과 같은 식이다:

11
"마쿠라노소시"*

속옷들
나는 겨울에는 '진달래'색이 더 좋다.
윤기 흐르는 비단옷과 겉은 희고 안은 검붉은 의류도 좋다.
여름에는 보라색, 흰색이 좋다.

부챗살들
황록색 종이라면 나는 빨간 부챗살이 좋다.
자줏빛 종이라면 초록색 부챗살이 좋다.

*枕草子. '베갯머리 노트(책)'이라는 뜻으로,
페렉은 이 장을 일본 헤이안 중기의 여성 수필가
세이 쇼나곤이 쓴 동명의 책에서 따왔다.

여성 외투들
나는 밝은색 계열이 좋다. 포도색, 연녹색, '버찌나무'색, '붉은 자두'
색 계열 등 밝은색이면 다 예쁘다.

중국식 외투들
나는 붉은색, '등나무'색이 좋다. 여름에는 보라색이 더 좋다. 가을에
는 '메마른 황야' 계통이 좋다.

정장 치마들
나는 산호초가 그려진 치마가 좋다. 겉치마.   49

상의들
나는 봄에는 '진달래' 계통과 '버찌나무'색이 좋다. 여름에는 '초록색
과 낙엽빛'이나 '낙엽빛' 상의가 좋다.

옷감들
나는 자주색 직물, 흰색 직물, 연두색 바탕에 참나무 잎 모양으로 레
이스를 짠 직물이 좋다. 붉은 자두 색깔 옷감도 예쁘긴 한데, 그 색이
싫증나면 다른 것보다 그 색이 더 눈에 띈다.
(세이 쇼나곤, 앙드레 보자르 번역 및 주석, 『마쿠라노소시』, 파리:
갈리마르, 1966)

                                12
                              또는 결국
있음직하지 않은 대상을 애써 명확히 규정하려 드느니, 차라리 서기
1000년경에 죽은 궁녀를 매력적인 후견인 삼아 내 작업대에 놓여 있
는 몇 가지 물건에 대한 이야기를 시작하는 편이 낫겠다. 압지, 반들

반들하게 연마된 돌로 만든 단도 자루, 금속으로 된 영국식 꽃병, 잘 빠진 나무로 만든 상자 세 개, 오렌지색 밑받침이 달린 원뿔대 모양 불붙이개, 풍경화가 그려진 얇은 도기판, 삶아 굳힌 마분지로 만들어 비늘 상감을 새긴 연필꽂이, 고양이 모양 다기茶器, 베뇰&파르종 사社의 '알라롱드' 펜촉 144개들이 상자 등.

　　이런 이야기들은 분명 유행이 지나버린 것이리라. 그렇지만 이러한 것들로 이야깃거리는 마르지 않을 것이다.

계략의 장소들

1971년 5월부터 1975년 6월까지 4년 동안 나는 정신분석을 받았다.
정신분석이 끝나자마자 무슨 일이 일어났는지 말하고 싶다, 구체적
으로는 글을 써보고 싶다는 마음이 강하게 들었다. 좀더 시간이 지
난 후, 『코즈 코뮌』편집회의에서 장 뒤비뇨는 계략을 테마로 잡지
를 구성해보자고 제안했다. 딱히 틀이 정해진 것도 아니었고, 불안
정하고 모호하고 옆길로 새버린 티가 났지만, 나는 내 글이야말로
그 자리에 안성맞춤이겠거니 무의식적으로 생각했다.

그렇게 열다섯 달이 흘렀고, 그동안 글머리 몇 줄을 줄잡아 쉰
번은 쓰고 또 썼을 것이다. 몇 문장(대충, 방금 쓴 것들)을 쓰기도 무
섭게, 어김없이 얽히고설킨 수사학적 기교에 차츰차츰 빠져버리곤
했다. 나는 쓰고 싶었고, 써야만 했으며, 혼자 되뇌었던 자의 흔적을
글 속에서, 글을 씀으로써 되찾아야 했다(그리고 다시 시작된 그 모
든 페이지들, 미완성으로 끝난 초고들, 중단된 채 남겨진 행들은, 내
가 무게 없는 단어들을 분쇄하는 기계가 된 건 아닐까 하는, 뭐라 이
름붙일 수 없는 감정을 느꼈던 무기력하기만 한 진료에 대한 기억
과도 같았다). 그러나 왜 이 글을 써야만 하는가, 실제로 누가 읽으
라고 쓰는가 하는 소위 예비 문제를 다루면서 신중한 말을 찾다보
면 글은 경직되어버렸다. 어쩌면 은밀한 정신분석 속에서나 명명될

법한 것을, 왜 글로 쓰고 잡지에 실어 발표하겠다고 결심하는가? 왜 계략이라는 모호한 주제로 이 불확실한 연구에 매달리려는 것인가? 악착스럽게 의심하며 나는 틀림없이 과제가 있어야 한다는 듯, 과제 없이는 해답도 없다는 듯, 숱한 질문을—작은 1번, 작은 2번, 작은 3번, 작은 4번과 같은 식으로—던졌다. 그러나 내가 하고 싶은 말은, 해답이 아니며, 어떤 표명이자 명백한 사실, 갑자기 닥친 어떤 것, 갑자기 터져나와버린 어떤 것이다. 문제의 핵심에 도사리고 있었을지 모를 어떤 것이 아니라, 여기, 바로 내 곁에 있었던 어떤 것, 말해야 할 나의 어떤 것이다.

52 　　계략은 교묘히 피해가는 것이다. 그렇다면 계략은 어떻게 피해 갈 수 있을까? 이는 함정 같은 질문이고, 글texte이 되기 전, 어쩔 수 없이 글을 쓰게 되는 순간을 매번 늦추려고 던지는 구실prétexte과 같은 질문이다. 내가 적어두었던 모든 단어는 지표가 아닌 우회였고, 공상의 나래를 펼 소재였다. 4년 동안 정신분석을 받는 긴 의자에 누워 천장의 쇠시리와 갈라진 틈을 쳐다보면서 공상에 잠겼듯이, 열다섯 달 동안 나는 구불구불한 단어들을 가지고 공상에 잠겼다.

　　단어들이 언제고 떠오르겠지 생각하는 것은 지금처럼 그때도 위안이 되었다. 언젠가는 말을 시작하겠지, 글을 시작하겠지. 흔히들 말을 한다는 것은 발견하고, 찾고, 이해하고, 마침내 이해하게 되고, 진실의 빛으로 환해지는 것이라고 오랫동안 믿어왔다. 천만에, 그런 일이 일어나야 그런 일이 일어났음을 알 뿐이다. 말을 하고 글을 쓰는 것이 그때다. 말한다는 것은 오직 말한다는 것, 그저 말을 한다는 것일 뿐이고, 글을 쓴다는 것은 오직 글을 쓴다는 것, 흰 종이에 문자를 그리는 것일 뿐이다.

　　내가 찾고자 했던 것이 바로 이런 것이었음을 나는 알았던가? 그토록 오랫동안 말하지 못했으면서도 늘 말해야만 했던 이 자명함,

오직 이 기다림, 손도 못 대볼 이 혼돈의 말에 깃든 이 긴장만을 찾았던 게 아닐까?

그 일은 어느 날 일어났고 나는 그 사실을 알게 되었다. 이렇게 말하면 좋겠다. 내가 막 그것을 알아차렸지만, 그러자마자 그건 사실이 아닐 수도 있는 것이다. 그 일이 일어나고 있었던 때를 말해줄 시제란 없다. 그 일이 일어났다는 말을 복합과거로 쓸 수 있고, 대과거로 쓸 수 있고, 현재로 쓸 수 있고, 그것이 일어날 것이라고 미래형으로 쓸 수도 있다. 그렇다는 점은 이미 알고 있었고, 지금도 안다. 다만 무언가가 이미 시작되었고 지금도 시작중이다. 입은 말을 하라고 있는 것이고 펜은 글을 쓰라고 있는 것이다. 무엇인가 움직였고, 무엇인가 움직여 그려지면서, 종이에 잉크의 구불구불한 선이, 충만하고 섬세한 무언가가 나타난다.

먼저 나는 말과 글이 동등함은 자명하다고 보며, 마찬가지로 백지란 정신분석가의 집무실 천장에 있던 망설임, 환영幻影, 삭제 표시줄로서의 또다른 공간이라고 본다. 내가 잘 알고 있다시피 이것이 빤한 일은 아니지만 나에게는 앞으로 이런 식일 것이다. 정신분석을 받을 때 문제된 것이 바로 이것이다. 그 일이 일어나서, 최근 4년 동안 치료에 치료를 거듭하면서 가공됐던 것이다.

정말이지 정신분석이라는 건 탈모 환자를 위한 광고와는 다르다. '치료 전'과 '치료 후'가 없다는 말이다. 분석이 이루어지는 현재, 시작해서 계속되다가 종료된 '여기 지금'이 있었다. 나는 "시작해서 4년이 걸린" 또는 "끝내기까지 4년이 걸린"이라고 똑같이 쓸 수 있을 것이다. 시작도, 끝도 없었다. 분석은 첫번째 치료 훨씬 전에 시작되었다. 분석을 한번 받아봐야겠다는 막연한 결심과 정신분석가를 선택하는 것뿐이었지만. 또한 분석은 치료가 끝난 훨씬 뒤에도 계속되었다. 고집스럽게 버틴 채 오도 가도 못했던, 치료를 본뜬 일인이

53

역의 분석일 뿐이었지만. 정신분석의 시간, 그것은 시간 속의 끈끈이풀이었으며, 시간의 팽창이었다. 4년 동안 정신분석 치료는 일상적이고 통상적인 일이었다. 수첩에 조그만 표시를 해두고, 치료에 치료를 거듭하다보니 일에 소홀해지고, 치료 날짜는 정기적으로 돌아오고, 그렇게 리듬이 생기고 하는.

처음에 분석은 이런 것이었다. 나날들을—운 좋은 날과 운 나쁜 날로—쪼개보는 것이다. 운 좋은 날들은 주름, 접힌 부분, 호주머니 같은 면이 있다. 첩첩이 쌓인 시간 속에 계류되어 있는 한순간, 딴판인 순간이 있다. 쉼없이 흘러가는 하루 가운데 잠시 중단된 순간 같은 것이.

54

그런 임의의 시간에는 추상적인 무엇이, 안심이 되면서도 무시무시한 무엇이 있었다. 변함없고 비시간적인 시간이, 있음직하지 않은 공간 속에 부동의 시간이 있었다. 그렇다, 물론 나는 파리에 있었고, 내가 잘 아는 동네, 오래전에 살던 거리에 있었으며, 늘 가던 바와 친근한 몇 군데 식당이 지척에 있었다. 내가 있는 위치의 경도와 위도, 고도와 방위를 계산하면서 재미를 느껴볼 수도 있었으리라 (머리는 서북서, 발은 동남동). 하지만 분석 치료의 의례적인 매뉴얼이 이러한 시간과 공간의 지표를 뽑아버리고 말았으리라. 도착해서 초인종을 누르면 젊은 여자가 와서 문을 열어준다. 기다림을 위한 용도로 마련된 방에서 몇 분 기다리면, 먼저 온 환자를 문 앞까지 배웅하는 정신분석가의 말소리가 들린다. 잠시 후, 정신분석가가 대기실 문을 연다. 그가 문턱을 넘어서는 일은 없다. 나는 그를 지나쳐 집무실로 들어간다. 그는 내 뒤를 따라와 문을 닫은 다음—문은 둘인데 입구가 아주 작아서 무슨 갑실閘室 같았고, 그래서 폐쇄된 공간에 있다는 느낌이 더욱 두드러졌다—자기 안락의자에 가서 앉고, 나는 긴 의자에 눕는다.

내가 이러한 자질구레한 세부 사항을 강조하는 이유는 그런 것
들이 일주일에 두세 번씩, 4년 동안 반복되었기 때문이다. 치료가 끝
나면 다음과 같은 의식이 또 반복된다. 다음 환자의 도착을 알리는
종소리가 난다. 정신분석가가 "좋습니다" 비슷한 무슨 말을 중얼거
리는데, 그 말에는 분석 치료를 하다가 다룬 주제와 연관되는 어떤
소견도 들어 있지 않다. 그리고 그가 일어나고, 나도 일어나고, 경우
에 따라서는 비용을 지불하고(치료할 때마다 내는 게 아니라 보름
에 한 번씩 돈을 지불했다), 그는 내게 집무실 문을 열어주고, 입구
까지 배웅하고, 대개 다음 치료 날짜를 정하는 의례적인 작별 인사
(예를 들면 "월요일에 봅시다" 혹은 "화요일에 봅시다")를 하며 내
뒤에서 문을 닫는다.

55

다음 방문 때 동일한 과정, 동일한 행위가 정확히 똑같이 반복
된다. 다른 일이 일어나는 경우는 극히 드물었기에, 매뉴얼의 핵심
요소들 중 하나라도 아주 미묘하게 변하면 그것은 어떤 의미를 띠
었다. 어떤 것인지는 몰라도 무언가를 가리켰다. 아마도 아주 단순
히 내가 분석 치료를 받고 있었다는 것일 테고, 다른 무엇도 아닌 정
신분석, 바로 그것이라는 점일 것이다. 경우에 따라서 그러한 변화
의 원인이 정신분석가에게 있었는지, 나에게 있었는지, 아니면 우연
한 것이었는지는 중요하지 않다. (이를테면 아주 드문 경우이긴 하
지만 나 스스로 문을 열고 먼저 밖으로 나가버릴 때처럼) 분석 치료
를 그것이 속해 있던 관례에서 벗어나게 만들기도 하고, 반대로 (이
를테면 의료 담당 비서가 자리를 비웠을 때라면 분석가가 직접 전화
를 받거나 다음 환자나 구세군 의연금 모금을 하러 온 사람에게 문
을 열어주러 나가야 하기에) 분석 치료에 예정된 시간 중 일부를 빼
앗을 수도 있는 이러한 미세한 변화들은, 의례적인 모든 행위가 지
닌 기능을 내게 환기시켰다. 끝없이 이어지는 대화의 시간과 공간의

틀을 말이다. 분석 치료가 몇 달, 몇 해에 걸쳐 계속됨에 따라 나는 그 틀을 애써 이해해보고 짊어져보았으며, 그 안에서 나를 알아보고 명명하고자 노력했다.

들어오고 나갈 때 이뤄지는 의례가 한결같다는 것이 나의 첫번째 규칙이 되었다(나는 정신분석 일반이 아니라 내가 선연히 느낄 수 있었던 하나의 체험, 내게 남은 기억에 대해 말하는 것이다). 그 의례들이 평온히 반복되고 변동 없이 정해져 있다는 점이, 이 닫힌 공간의 경계를 점잖고 차분하게 드러내주었다. 도시의 소음에서 멀리 떨어져 시간의 외부, 세상의 외부에 존재했던 그곳은, 아마도 내게서 나온 것일 무언가를, 내 것일 수 있을 무언가를, 나를 위한 무언가를 말해주리라. 그런 것들이 꼼짝 않고 듣기만 하는 귀의 너그러운 중립성을 보증해주는 것 같았다. 나는 그 귀에 대고 점잖고, 세련되고, 다소 준엄하고, 다소 냉정하며, 조금쯤 부자연스러운 경계와 같은 무언가를 애써 말하려고 했다. 정신분석을 위한 대화 속에서 조용하면서도 빈틈없이 메워진 폭력은 바로 그 한계 안쪽에서 터져나올 것이었다.

그래서 나는 긴 의자에 누워 흰 손수건에 머리를 기댔다. 그 손수건을 정신분석가는 다음 환자가 들어오기 전에, 이미 앞의 환자들이 치료를 받을 때 썼던 구겨진 손수건들이 여기저기 놓여 있는 작은 엠파이어 카드 정리함 위에 아무렇게나 던져버리겠지. 그리고 나는 두 손을 모아 목 뒤나 배 위에 올리고, 오른쪽 다리를 쭉 펴고 왼쪽 다리는 가볍게 구부렸다. 역사가 존재하지 않는 이 시간에, 내 역사의 공간, 여전히 부재하는 내 말의 공간이 될 존재하지 않는 그 공간에 틀어박히기 위해, 나는 4년 동안 그곳에 갔다. 삼면의 벽, 서너 개의 가구, 두세 점의 판화, 책 몇 권이 보였다. 바닥에는 양탄자가 깔려 있고, 천장에는 쇠시리가 있고, 벽에는 벽지가 발려 있었다. 단정하고 언제나 깔끔하게 정돈된 외관은 아무 특성이 없어 보였고,

치료가 계속되고 해가 바뀌어도 변한 것이 전혀 없다시피 했다. 죽어버린 듯 평온한 공간이었다.

소리는 거의 들리지 않았다. 간혹 피아노 소리나 라디오 소리가 멀찌감치서 들려왔다. 누군가 어디선가 청소기를 돌리곤 했고, (치료가 끝나면 종종 환기를 시키곤 하던) 정신분석가가 날이 좋아 창문을 열어놓은 날에는 이웃집 작은 정원에서 새가 노래했다. 앞서 언급했듯이, 전화벨이 울리는 일은 거의 없었다. 정신분석가는 소리를 전혀 내지 않다시피 했다. 가끔 나는 그의 숨소리, 한숨 소리, 기침 소리, 배에서 나는 꾸르륵 소리, 치익 하고 성냥 켜는 소리를 듣곤 했다.

나는 말을 해야 했다. 그러기 위해 그곳에 갔으니까. 그것이 게임의 규칙이었다. 나는 이 특별한 공간에 그 타인과 갇혀 있었다. 그는 내 뒤에 있는 안락의자에 앉았다. 그는 나를 볼 수 있고, 말하거나 말하지 않을 수 있었는데 보통은 말하지 않는 편이었다. 나는, 그의 앞에 있는 긴 의자에 누웠기에 그를 볼 수 없었다. 나는 말해야 했다. 내 말이 그 텅 빈 공간을 채워야 했다.

어떤 면에서, 말한다는 건 어려운 일이 아니었다. 나는 말할 필요가 있었고 이야기, 문제, 질문, 연상, 환상, 말장난, 기억, 가설, 설명, 이론, 지표, 숨을 곳을 무궁무진 갖추고 있었다.

나는 너무도 잘 설치된 미로의 길을 경쾌하게 돌아다녔다. 모든 것이 무엇인가를 의미했고, 모든 것이 서로 이어졌고, 모든 것이 명확했고, 모든 것이 한껏 분석되었다. 정다운 불안감을 펼쳐 보이는 기표記標들의 성대한 왈츠였다. 충돌하는 언어들의 덧없는 섬광, 삽화로 들어간 저 어린 오이디푸스의 은근한 부추김으로는 내 목소리도 허공에 메아리칠 뿐이리라. 내 이야기는 미미한 반향도, 내가 맞설 수 있는 적들이 벌이는 모호한 소란도 얻어내지 못한 채, 아빠 엄마 얘기나 성교 어쩌고 하는 진부한 것으로 포장될 뿐이다. 내 감정,

57

공포, 욕망, 육체에 대해서는 한마디도 못 듣고, 이미 다 준비된 답변, 누가 하는지도 모르는 시끄러운 소리, 롤러코스터의 흥분만이 돌아오는 것이다.

모든 의미를 가질 수 있는 이런 미약한 현기증을 수다스럽게 떠들다보면 도취에 이르게 되지만 그것도 이내 흐릿해지고 말았으니, 단 몇 초, 침묵의 몇 초면 충분했다. 나는 잠시 침묵하면서 정신분석가의 동조를 기다렸지만 그런 일은 한 번도 일어나지 않았다. 그 순간 나는 그 어느 때보다 내 말, 내 목소리와 멀리 떨어져 다시 씁쓸한 우울에 빠지곤 했다.

58   내 뒤에 앉아 있던 그 타인은 아무 말도 하지 않았다. 갈 때마다 나는 그가 말을 꺼내기를 기다렸다. 무엇인가 그가 내게 숨기는 것이 있다고, 말하고자 했던 것보다 훨씬 잘 알고 있다고, 그걸 생각하지 않는 것이 아니라고, 꿍꿍이속이 있다고 나는 확신했다. 내 머리를 거쳐 나온 말들이 그의 머리 뒤편으로 가서 자리를 잡고, 영원히 그 속에 틀어박혀 있는 듯 말이다. 치료가 거듭되면서 내 말의 공허함만큼 침묵의 덩어리는 무거워져갔고, 내 말이 무의미한 만큼 그 침묵은 그득해져갔다.

그때부터 불신 아닌 것이 없었다. 그의 침묵처럼 내 말은 뫼비우스의 띠로 이어져 끊임없이 서로 되받아 반사하는 이미지들의 지겨운 거울놀이가 되었고, 꿈이라 하기에는 너무 아름다운 꿈이 되었다. 진실은 어디에 있었나? 거짓은 어디에 있었나? 내가 침묵하고자 했을 때, 이런 하찮은 반복에, 자꾸만 위로 떠오르는 말의 환영에 더는 빠지지 않으리라 했을 때, 침묵은 이내 견딜 수 없는 것이 되었다. 내가 말하고자 했을 때, 나에 관한 무언가를 말하고, 내 이야기를 가지고 멋지게 재주를 부리곤 했던 내 안의 광대, 스스로 근사한 환상을 품을 줄 알았던 그 능수능란한 마법사와 맞서겠노라 했을 때는, 이내 같은 퍼즐을 처음부터 다시 시작한다는 생각이 들었다. 가능한 모든 조합을 차례차례 하나도 남김없이 전부 시도해본 끝에 어느 날 내가 찾던 이미지를 얻게 된 것처럼 말이다.

동시에 기억의 파산 같은 것이 일어나리라. 모든 것을 적어두지 않으면 달아나버리는 이 삶에서 아무것도 붙잡을 수 없다는 듯, 나는 잊는다는 것에 두려움을 느끼기 시작했다. 그래서 나는 매일 밤, 편집증이라 할 만큼 의식적으로 세심하게 일기 비슷한 것을 쓰기 시작했다. 내면의 기록과는 정반대의 것이었다. 나는 몇 시에 일어났는지, 어떤 일정이 있었는지, 어디에 갔는지, 무얼 샀는지, 작업은 얼마나 진척되었는지(몇 줄, 몇 페이지를 썼는지로 측정했다), 우연히 누굴 만났는지 혹은 그저 누굴 마주쳤는지, 이런저런 식당에서 밤마다 먹었던 식사는 구체적으로 어떤 것이었는지, 무얼 읽었는지, 어떤 음반을 들었는지, 무슨 영화를 봤는지 하는 것처럼, '객관적'으로 내게 일어난 일만을 기록했다.

내가 남긴 흔적을 잃어버리면 어쩌나 하는 공포심에 사로잡혔기 때문에 나는 광적으로 보관하고 분류하게 되었다. 나는 하나도 버리지 않았다. 편지는 봉투째 보관했고, 영화관에서 발급받은 외출표, 비행기 티켓, 고지서, 수표책 원부, 팸플릿, 영수증, 카탈로그, 출석 통지서, 주간지, 마른 펜, 다 쓴 라이터, 6년 전에 이사를 나와 더는 살지 않았던 아파트와 관련한 가스와 전기 요금 영수증도 보관해두었다. 가끔은 내 인생의 매년, 매달, 매일을 온통 분류하면서 채울 수도 있으리라 생각하면서 하루종일 분류하고 또 분류했다.

벌써 오래된 일이지만 꿈에 대해서도 똑같은 짓을 일삼았다. 분석 치료를 받기 훨씬 전, 항상 가지고 다니던 검은색 노트에 내가 꾼 꿈을 적으려고 밤마다 일어나기 시작했던 것이다. 나는 이 일에 아주 빨리 익숙해져서, 꿈을 꾸고 나면 제목까지 달린 글 하나가 내 손안에 들어왔다. 이런 건조하고 비밀스러운 서술을 나는 여전히 좋아한다. 그런 서술에서 내 이야기는 무수히 많은 프리즘을 통해 반사

59

되어 내게 이른다. 그렇지만 결국 그런 꿈들이 꿈으로써 체험된 것이 아니라 글로써 꿈꾸어진 것임을, 꿈이 확실한 방법이 될 수 있다고 믿었지만 사실은 매번 나 자신을 점점 알아 볼 수 없게 만드는 가시밭길임을 받아들이게 되었다.

꿈의 계략 때문에 신중해졌던 탓인지, 나는 내가 받은 정신분석에 대해서는 전혀, 혹은 거의 아무것도 기록하지 않았다. 정신분석가의 이니셜을 정해놓고 분석 치료가 며칠 몇 시에 있는지만 수첩에 기호로 표시했다. 일기에는 '상담'이라고만 적었다. 간혹 형용사를 덧붙일 때도 있었는데 보통 비관적인 의미를 가진 것이었다('우울한' '음울한' '군소리 많았던' '가볍지 않았던' '지루한' '불쾌한' '바보 같다고나 해야 할' '아무짝에도 쓸모없다고 해야 할' '의기소침해지는' '하찮은' '대수롭지 않은' '우수에 찬' '형편없는, 그리고 지울 수 있는' 등).

예외적이긴 했지만, 정신분석가가 그날 내게 했던 말로, 어떤 이미지로, 어떤 감각(예를 들면 '경련' 같은 것)으로 그날 상담의 특징을 꼽아보기도 했다. 긍정적일 수도 있고 부정적일 수도 있었지만, 이러한 기록의 대부분이 이제 와서는 아무런 의미가 없다. 그리고—분석을 잘 진척시키는 단어들이 떠올랐던 예외적인 날을 제외하고는—내게는 하나같이 천장 아래에서 기다리던 그 기억 속으로, 쇠시리에서 동물 윤곽, 사람머리, 기호를 끊임없이 찾고 있던 혼란스러운 시선 속으로 그것들이 뒤섞여버린다.

지겹게 되풀이되어 사람을 지치게 하는 그런 곡예를 그만두고 내 이야기와 내 목소리를 들을 수 있게 해주던 마음의 변화가, 너무도 느릿느릿하게 일어났다고만 말하리라. 바로 그것이 정신분석의 과정이었으나 나는 나중에야 그 사실을 알았다. 우선은 그 뒤편에다 글쓰기를 향한 욕망을 감춘, 이 방벽과도 같은 글쓰기가 부스러져야 했고, 완전히 형성된 기억의 성채가 침식되어야 했고, 내 궤변의 피

난처가 산산이 부서져야 했다. 내 발걸음을 되찾아야 했고, 지나온 뒤 모든 통로를 끊어버렸던 그 길을 다시 찾아나서야 했다.

나는 그 지하 공간에 대해 아무런 할말이 없다. 그런 일이 있었다는 것을, 그 흔적이 내 안에, 내가 쓰고 있는 글에 기록되어 있다는 것을 알고 있다. 시간은 흘러, 내 이야기는 다시 모였다. 어느 날 제자리에 복원된 기억처럼, 몸짓처럼, 되찾은 열기처럼, 내게 놀랍고도 감탄스러우며 갑작스럽게 주어졌다. 그날, 정신분석가는 내가 그에게 했어야 했던 말을, 그가 4년 동안 이해하지 못한 채 듣기만 했던 말을 이해했다. 그 이유는 간단했다. 나는 그에게 말하지 않았으니까, 나 스스로 그 점을 되뇌어보지 않았으니까.   61

나는 말레와 이삭을 기억한다*

나는 내가 예전 역사 교과서의 내용을 고스란히 기억하고 있다고 생
각했다. 그런데 전혀 그렇지 않음을 깨달았고, 몇몇 장章의 제목(루
이 14세의 프랑스, 위대한 발견 등), 몇몇 표현(프라하 사건,** 왕령,
신성동맹, 아우크스부르크화의, 프레스부르크화약, 틸지트조약, 트
리엔트공의회, 독살 사건, 황금 휘장 캠프 등), 몇몇 이미지(귀족과
사제를 등에 업고 있는 농부, 1814년의 프랑스 농촌 지도, 범선 모양
을 한 여성 헤어스타일 등)를 다시 떠올려보려고 해봤지만 하나도
기억해낼 수 없었다. 혹시라도 옛날 교과서가 있는지 살펴보고 그중
몇 권을 찾아낼 필요가 있었는데, 그 교과서들이라면 공들여 판면을
짜놔서, 뚜렷한 교육 방침에 따른 변함없는 구성을 별행, 볼드체, 이
탤릭체로 개괄하게 해주니, 고등학교 시절에 되풀이해 배웠던 몇 세
기의 프랑스 역사가 페이지를 넘기자마자 금세 다시 떠오를 것이다.

아래 베껴놓은 것은 그저 재미로 책을 오려붙인 것이고, 제목,
이야기, 큰 글씨로 되어 있는 키워드를 나열한 것뿐이지만 이를 통
해 사건, 사상, (위대한) 인물들이 퍼즐 조각처럼 제자리를 찾아가
는, 이 가짜 역사 교육이 효과적으로 드러나리라 나는 생각한다.

---

*Malet & Isaac. 집필자였던 알베르 말레와 쥘
이삭의 이름을 딴, 20세기 초에 유명했던 프랑스
역사 교과서 총서.

**1618년 신교도 귀족들이 페르디난트 2세의
인사들을 창밖으로 내던진 사건으로 30년전쟁의
계기가 되었다.

제목들

(말레, 현대, 제20장)

유럽의 팽창

Ⅰ. 영국 식민 제국의 형성

영국 제국의 형성—인도 정복—세포이 반란—현재의 인도—인도 주변 정복—이집트 점령—이집트령 수단 정복—남아프리카의 영국인—로디지아—오렌지자유국과 트란스발 정복—동아프리카, 나이지리아—캐나다 연방—오스트레일리아 연방—영국 제국주의

Ⅱ. 프랑스 식민 제국의 형성

프랑스 제국의 형성—정복 이전의 알제리—전쟁의 원인—알제리 함락—제한된 점령—정복—콘스탄티노플 함락—압델 카데르—뷔조—라 스말라 함락; 이즐리—최종 정복—튀니지 점령—프랑스의 작품—프랑스령 수단—정복—사하라 사막—프랑스령 콩고—아프리카 제국의 통일—마다가스카르—정복—프랑스령 인도차이나—정복—코친차이나 접수—제1차 통킹 정복—중국과의 전쟁—현재의 인도차이나—프랑스 식민지의 가치

Ⅲ. 독일의 이민과 무역

독일 이민—독일 식민지—독일 산업—독일 무역—해양 교역—통상정책—범독일주의 운동

64

별행들
(말레, 근대사, 2학년, 제9장)

르네상스
예술가, 인문주의자, 이탈리아와 프랑스 작가

I. 르네상스의 성격
    르네상스의 원인들—메세나

II. 이탈리아의 르네상스   65
    인문주의자들—작가들—예술가들—화가들—레오나르도
    다빈치—브라만테—미켈란젤로—조각가 미켈란젤로—화
    가 미켈란젤로—건축가 미켈란젤로—미켈란젤로의 죽
    음—라파엘로—안드레아 델 사르토—북부 화가들과 그
    특징—조르조네—티치아노—코레조—틴토레토, 폴 베로
    네세—하위 예술—르네상스 시대의 풍속

III. 프랑스의 르네상스
    프랑스 르네상스의 성격—프랑스의 인본주의—콜레주드
    프랑스—프랑수아 1세 시대의 작가들—16세기 후반의 작
    가들—예술가들—화가들—건축가—고전적 영감의 건축
    가들—블루아 성, 르 뤼드 성, 루브르 궁—프랑스 전통의
    조각가들—고전주의 조각가들—하위 예술—예술가가 처
    한 조건의 변화

IV. 독일의 르네상스
    독일과 인본주의—에라스뮈스—예술—알브레히트 뒤러
    —홀바인—이탈리아의 우위

이탤릭체

(말레, 18세기, 혁명, 제국, 1학년,
제12장: 1789년의 프랑스)

영토에 관하여
정치적으로   절대적   중앙집권화된   군주는 말한다
모두는 인민이며 모두는 복종한다   지독히 모호한 행정조직
통일되지 않았다
사회   불평등   세 계급   특권을 가진   특권을 가지지
못한
왕   세습되는   살리카 법전
신권
절대적
자의적   검열   몰수   왕의 봉인장
군사시설   비군사시설
수라간水刺間
"궁정은 국가의 무덤이었다"
국새 상서尙書   납세 통제관   왕의 거처   외무부   전쟁
해양   장관   수상
최고행정회의   상급회의   재정회의   긴급회의   정당회의
중앙정부
내각   납세구   지방장관 관할구
40개 관할지   총독
36개 납세구   지방장관   중앙집권화된 군주제
조세소송취급재판소   교구   대법관재판소   직무대리인
통일된 군주제가 아니었다
페르슈*

66

---

*100분의 1에이커.

삼부회 설치 지방　　조세소송재판소 설치 지방　　일곱 개의
상이한 세율　염세鹽稅

성문법　관습법

다섯 개의 대大소작지　국외 주州　거래

"갈라진 인민들의 위헌적 집합체일 뿐"

요구서

영주재판소　　대법관재판소　　지방판관의 관할구역　　구제
재판소

상급재판소　고등법원

심급審級　제3신분　　　　　　　　　　　　　　67

부담금 소유자　부담금 매입

소송세

예비심문　사전 심문

"왕의 경비는 수입이 아니라 지출에 따라 결정된다"

임시지출

타이유세*　인두세　20분의 1세

타이유세　실질 타이유세　개별 타이유세　임시 타이유세
개별 타이유세　추정 인두세

인두세

20분의 1세　10분의 1세　5분의 1세

'몸값을 지불한 자'　'가입자'　100-1 대 1, 1

100-9 대 10, 9

부르주아, 노동자, 농민이 벌어들인 것의 최소 절반은 국고로
사라졌다

간접세　염세　보조금　징세청부인　염세　염세면제지역
면세 지방　대大염세　소小염세　직인 조합의 소금

염세리　소금 밀매

*왕이 재산에 부과하는 직접세.

구제

불평등   신분   성직자   귀족   제3신분   특허   명예권
물권

수도회 소속   재속在俗   종교재판소

정확히 평가하기 불가능한   30억   10분의 1세   봉건적
권리

성직자세   무상 증여   봉헌 증여   15억

고위 성직자   출자자

하급 성직자   사제 혹은 보좌신부   명의 사제   10분의 1세

대량 징수자   겸임 사제   사제가 받는 보수

군인 귀족   법복 귀족   귀족 작위를 받은 자   궁정 귀족
소小귀족   지방 귀족

현물세   통행세   토지시설물사용세賦課租   실질 특권
명예 특권

법복 귀족

'법관들'

그래서 바로 재정 혼란이 닥쳤다   정치적 변모

평등   사회 개혁   에마뉘엘 시에예스

소작인들   날품팔이꾼들   반타작 소작인들   소작인
날품팔이 반타작 소작인   정액定額 지대 납부자

'국가의 노새'   현물세   토지시설물사용세   현물세   토지
시설물사용세

수입의 4분의 3   노동 생산의 5분의 1만을 간신히 얻었다

킬로그램당 1프랑

68

이미지와 해설

(말레, 근대사, 417쪽)

샤를 9세(1550~1574)
초상화가 프랑수아 클루에 원작
루브르 박물관. 사진: 브론

샤를 9세는 열아홉 살이다. 창백한 표정에 눈동자는 노랗고, 눈썹과 머리는 금발이며, 수염이 거뭇하게 났고, '토끼 발같이 짧은' 구레나룻을 길렀다. 지적인 용모에도 불구하고 어딘지 모르게 산만하고 불안한 데가 있어, 신경질적이고 의지가 박약한데다 쉽게 동요하여 군림하려 드는 본성이 보인다. 미니어처처럼 세밀하게 그린 이 초상화는, 프랑스의 르네상스 시대를 대표하는 유일한 화가 프랑수아 클루에의 걸작 중 하나다. 클루에는 16세기 후반 우아한 의상의 한 유형을 보여준다. 검은 벨벳 재킷에 둥근 가두리 장식의 주름 깃이 달려 있고, 양쪽으로 늘어진 소매에는 정교하게 금 자수가 놓여 있다. 윗옷은—소매밖에 눈에 들어오지 않을 정도로—몸에 딱 붙고, 황금색 돋을무늬가 수놓인 흰색 새틴의 짧은 바지는 불룩하게 부풀어 있다. 몸에 꼭 달라붙는 타이츠가 마치 속옷 같다. 진주를 박아넣고 금구슬로 투조 세공한 목걸이 끝에는 십자가가 달렸다. 검은 벨벳 모자를 귀까지 눌러썼는데, 흰 깃을 댄 모자 띠에는 루비가 박혀 있다. 앙리 2세 스타일의 붉은 안락의자에는 은제 못이 박힌 테두리 장식이 되어 있다. 커튼은 녹색 새틴이다.

볼드체

(말레-이삭, 19세기의 세계, 상급 기초교육 과정,
3학년: 강의 총 복습, 280~309쪽)

서유럽의 근대국가　**프랑스**　**필리프 오귀스트**　**생 루이**
미남왕 필리프 4세　**샤를 7세**　**루이 11세**
　　영국　**대헌장**　**고등법원**
　　스페인　**결혼**
　　독일　**오스트리아 합스부르크 왕가**　**선제후**
70　　**위대한 발명과 해상 발견**　**나침반**　**화약**　**질 좋은 종이**
인쇄소　**디아즈 1487년**　**바스쿠 다가마 1498년**　**크리스토퍼**
콜럼버스 1492년　**마젤란**
　　르네상스　**인문주의자**　**코페르니쿠스**　**다빈치**　**미켈**
란젤로　**라파엘로**　**성째**　**마로**　**라블레**　**롱사르**　**몽테뉴**
　　종교개혁　**루터**　**칼뱅**　**영국국교회**　**트리엔트공의회**
예수회
　　1498년에서 1559년까지의 프랑스 전제 왕정　　**루이 12세**
프랑수아 1세　**앙리 2세**　**궁정**　**정교화약**　**국왕평의회**
　　오스트리아왕위계승전쟁　**이탈리아전쟁**　**마리냐전투**
카를 5세의 제국　**파비아전투**　**카토캉브레지화약**
　　종교전쟁　**카트린 드메디시스**　**미셸 드 로스피탈**
프랑수아 드 기즈　**성바돌로매축일의학살**　**콜리니**　**신성동맹**
앙리 드 기즈　**필리프 2세**　**앙리 4세**　**낭트칙령**
　　왕권 복원　**리슐리외**　**마자랭**　**프롱드의 난**
　　절대왕정　**루이 14세**
　　17세기 종교 사건들　**알레의 은총**　**낭트칙령 폐지**　**얀센**
주의

17세기 유럽에서 프랑스의 주도적 위치   30년전쟁   구스타브 아돌프   콩데   튀렌 베스트팔렌조약   피레네조약 왕위계승전쟁   네덜란드독립전쟁   아우크스부르크동맹전쟁 에스파냐계승전쟁   위트레흐트조약

17세기 프랑스의 경제생활   콜베르

17세기의 지적 움직임   코르네유   라신   데카르트 파스칼   몰리에르   라퐁텐   보쉬에   벨라스케스   루벤스 렘브란트   케플러   데카르트   파스칼   갈릴레이   하위헌스 라이프니츠   뉴턴

1715년의 프랑스와 유럽   오렌지공 윌리엄   프로이센왕국
표트르 대제   러시아 권력

루이 15세 치하의 프랑스   섭정   로우   플뢰리 추기경 퐁파두르   뒤바리   고등법원과의 마찰

새로운 사상   로크   몽테스키외   볼테르   디드로   루소 살롱   백과전서   경제학자들   계몽전제군주   요제프 2세

18세기 프랑스 외교정책   폴란드계승전쟁   오스트리아 계승전쟁   퐁트누아전투   프리드리히 2세   동맹의 파기 뒤플렉스   7년전쟁   로스바흐전투   로이텐전투   폴란드 분할 탐험 여행   쿡 선장

루이 16세   혁명의 서곡   튀르고   미국독립전쟁   워싱턴 미국 독립   네케르   재정 위기   삼부회

프랑스대혁명의 개괄적 원인   1789년의 프랑스   불평등한 조세 부담   봉건법

삼부회   입헌 의회(1789~1791)   6월 17일   국민의회 6월 20일   죄드폼 선서   입법의회   7월 14일   8월 4일의 밤 인간과 시민의 권리에 대한 선언   10월 5~6일   연방 축제 성직자 민사 기본법   왕의 도주 시도

71

입법의회와 전쟁(1791~1792)　　지롱드파　　자코뱅파
1792년 4월 20일　　지롱드 내각의 선전포고　　1792년 6월 20일
브라운슈바이크 선언　　8월 10일　　9월 학살　　발미전투

국민공회(1792~1795)　　왕권 폐지　　지롱드파　　산악당
제마프전투　　대프랑스동맹　　방데전투　　혁명의회
로베스피에르　　공포정치　　카르노　　플뢰뤼스　　테르미도르
9일　　바젤과 헤이그 조약　　공교육 창설　　1793년 의회　　혁명
3년의 의회

총재정부(1795~1799)　　보나파르트　　이탈리아 원정
캄포르미오조약　　프뤽티도르 18일의 쿠데타　　플로레알
22일의 쿠데타　　이집트 원정　　제2차 대프랑스동맹　　취리히
브뤼메르 18~19일의 쿠데타

나폴레옹 체제(1799~1815)　혁명 8년의 의회　통령　종신
통령　황제 나폴레옹 1세　행정개혁　시민법　화친조약

나폴레옹의 외교정책　　마렝고전투　　호혜린덴전투　　뤼네빌
화약　　아미앵조약　　불로뉴 병영　　제3차 대프랑스동맹
울름전투　　아우스터리츠전투　　트라팔가전투　　프레스부르크
화약　　제4차 대프랑스동맹　　아우어슈테트전투　　대륙봉쇄령
아일라우전투　　프리틀란트전투　　틸지트조약　　스페인 내전
제5차 대프랑스동맹　　바그람전투　　빈조약　　제6차 대프랑스
동맹　　모스크바　　러시아에서 퇴각　　제7차 대프랑스동맹
라이프치히전투　　프랑스 원정　　폐위

왕정복고와 백일천하　　파리조약　　빈조약　　백일천하
워털루전투　　폐위　　제2차 파리조약

왕정복고 정부(1815~1830)　　1814년 헌장　　과격 왕당파
단독 의회　　백색공포　　데카즈　　샤를 10세　　7월 칙령　　7월 27,
28, 29일의 혁명

7월 왕조(1830~1848)   1814년의 수정 헌장   정통 왕조
지지파   공화파   저항파   기조   가톨릭당과 사회주의자들
1848년 2월 혁명

1815년에서 1848까지 프랑스의 외교정책   신성동맹
메테르니히   나바랭   영불협상   벨기에 독립   1840년 동양의
위기   알제리 점령 원정   제한적 점령   압둘 카디르   확장된
점령   콩스탕틴   뷔조 정복 완료   이슬리

19세기 전반기 프랑스의 문학, 예술, 과학   낭만주의
고전주의   샤토브리앙   라마르틴   빅토르 위고   비니   뮈세
발자크   조르주 상드   오귀스탱 티에리   미슐레   다비드
앵그르   제리코   들라크루아   뤼드   바리   기계주의
대공업   증기선   철도   전기통신술   사회주의자

73

제2공화정(1848~1851)   임시정부   온건 사회주의자
국립 취로 작업장   입헌 의회   5월 15일의 시위   6월 바리
케이드 항쟁   1848년 헌법   루이 나폴레옹   입법의회   팔루법
1851년 12월 2일의 쿠데타

제2제정(1852~1870)   황제 나폴레옹 3세   1852년 헌법
권위주의 제국   자유주의 제국   제3당   올리비에 내각
1870년 9월 4일의 혁명

나폴레옹 3세의 외교정책   크림전쟁   세바스토폴
파리회의   이탈리아통일전쟁   마젠타   솔페리노   니스와
사부아 할양   로마 문제   멕시코전쟁   사도바

1870년 전쟁   엠스의 급전急傳   몰트케 장군   프뢰슈빌러의
패배   레종빌   생프리바   스당   국방정부   파리   항복
본라롤랑드   루아니   샹피니   망스   생캉탱   에리쿠르
뷔장발   프랑크푸르트 평화조약

제3공화정   국민의회   티에르   3월 18일   코뮌   피의

주간   프랑스 해방   7년 임기   도덕 질서 정책   1875년의
의회   의회 공화국   1877년 5월 16일의 내각 해산   쥘 페리의
교육법

새로운 프랑스 식민 제국의 형성   알제리   튀니지   세네갈
수단   프랑스령 콩고   마다가스카르   코친차이나   캄보디아
통킹   안남

19세기 후반 프랑스 과학의 움직임   생트클레르   드빌
뷔르츠   파스퇴르   베르톨로   클로드 베르나르   파스퇴르
르나르   항공술

74   1815년 이후의 유럽, 신성동맹   신성동맹   메테르니히
의회정치와 개입정치   카를스바트결의와 빈회의   라이바흐의회,
베로나의회   1830년 혁명   벨기에 독립

이탈리아 통일(1859~1870)   1848년   쿠스토차전투
노바레전투   카보우르   오스트리아에 맞선 승리의 전쟁(1859)
이탈리아 왕 가리발디   베네치아   로마 문제

독일통일(1866~1871)   1848년   프랑크푸르트국민의회
제한적 통일   올뮈츠의 후퇴   비스마르크   공국公國 사건
사도바   북독일 연합   보불전쟁   독일 황제

19세기 중동 문제   세르비아 봉기   그리스 봉기
러시아터키전쟁   이집트 사건   크림전쟁   발칸전쟁   베를린
의회   불가리아 통일   그리스터키전쟁   터키혁명

현대 유럽: 동맹과 무장평화   세 황제의 동맹   3중 동맹
프랑스-러시아 동맹   프랑스-영국 동맹   무장평화

의회 체제의 기원   1688년 혁명   인민주권   의회파   미국
혁명   프랑스대혁명

영국의 의회군주제   1832년 개혁   아일랜드 문제

프랑스와 스위스의 공화제   1875년 프랑스   의회공화제
스위스 직접정치체제

미국과 오스트레일리아의 공화제　미합중국　이민　미국
남북전쟁　먼로 독트린　라틴아메리카　독립　내전　아르헨
티나공화국　오스트레일리아　민주제도의 발전　사회주의
경향을 띤 법제

　독일과 오스트리아-헝가리의 연방군주제　독일　비스
마르크　가톨릭당　문화투쟁　사회당　빌헬름 2세
알자스로렌　오스트리아헝가리제국　분리 독립 요구들　이원
체제　체코

　최후의 절대왕정　러시아　독재정치　니콜라스 1세, 알렉
산드르 2세　농노해방　테러당　1905년　혁명의 분위기
터키　두 번의 혁명　1876년　1908년　중국　가부장적 전제
군주제　일본　공화정　봉건군주제　쇼군　1868년의 혁명

　경제의 변화　대공업　철도　증기선　전보　전화　무선
전신술　지폐　보호무역주의체제

　아프리카 분할　베를린회의　프랑스　모로코　영국
보어인　트란스발전쟁　이집트　벨기에　독립국가 콩고
독일　스페인　포르투갈　이탈리아

　아시아의 유럽인들　영국의 인도 정복　러시아인들　중앙
아시아　프랑스 아편전쟁　프랑스-영국 원정　한국전쟁
의화단 봉기　만주전쟁

　식민정책　자치식민지　현지인 문제　대ㅊ철도

　사회 변화　흑인 노예무역　노예　농노　흑인 문제
토지 문제　종교의 자유　정교분리　초등교육의 의무 무상교육
징병제

　사회주의 운동　사회주의 독트린　사회당　노동조합
노동법

75

초보자를 위한
여든한 개의 요리 카드

버섯을 곁들인 가자미 요리: 큰 가자미 날것 두 마리의 살을 발라놓 77
습니다. 포도주를 뿌려주면서 중간 불로 40분 동안 오븐에 굽습니
다. 반쯤 구워지면 양송이 250그램을 넣습니다. 따뜻하게 데워놓은
접시에 올리고 정향, 육두구, 후추, 육계의 네 가지 향료를 넉넉하게
뿌려줍니다.

노일리 혼성주*를 곁들인 토끼 요리: 새끼 토끼 두 마리에 진한 겨
자를 넉넉히 바릅니다. 밑바닥에 돼지비계를 넣고 잘게 썬 당근, 신
선한 토마토와 햇양파를 곁들여 둔 커다란 냄비에 토끼를 넣습니다.
노일리 혼성주를 넣어 섞습니다. 라타투이**와 함께 냅니다.

'내 식대로 만드는' 송아지 가슴살 요리: 송아지 가슴살 부위를 아주
얇게 네 장 썰어서 레몬을 약간 넣은 물에 담가 피를 뺍니다. 포도주
를 뿌려주면서 중간 불로 40분 동안 오븐에 굽습니다. 불에서 꺼내
진한 생크림 100밀리리터를 뿌립니다. 달걀을 힘껏 휘저어 만든 거
품을 올려 냅니다.

*프랑스 마르세유 노일리프라트 사에서   **프로방스 지방에서 즐겨먹던 야채 스튜로,
백포도주에 약 40종의 향초를 섞어 만드는   가지, 토마토, 피망, 양파, 호박, 마늘 등
혼성주의 일종.   올리브유에 볶은 여러 채소에 허브를 넣어
만든다.

크림을 넣은 가자미 요리: 큰 가자미 날것 두 마리의 살을 발라놓습니다. 밑바닥에 돼지비계를 넣고 잘게 썬 당근, 신선한 토마토와 햇양파를 곁들여 둔 커다란 냄비에 가자미를 넣습니다. 불에서 꺼내진한 생크림 100밀리리터를 뿌립니다. 따뜻하게 데워놓은 접시에 올리고 타라곤 향초 잎을 넉넉하게 뿌려줍니다.

플랑드르식 송아지 가슴살 요리: 송아지 가슴살 부위를 아주 얇게 네 장 썰어서 레몬을 약간 넣은 물에 담가 피를 뺍니다. 커다란 프라이팬에 센 불로 가볍게 구워낸 뒤 불을 줄여 약한 불로 익힙니다. 반쯤 구워지면 양송이 250그램을 넣습니다. 따뜻하게 데워놓은 접시에 올리고 흑설탕을 넉넉하게 뿌려줍니다.

프랑스 동부 부르고뉴식 토끼 요리: 새끼 토끼 두 마리에 진한 겨자를 넉넉히 바릅니다. 포도주를 뿌려주면서 중간 불로 40분 동안 오븐에 굽습니다. 노일리 혼성주를 넣어 섞습니다. 부르고뉴 소스를 소스 그릇에 담아 따로 냅니다.

할머니식 송아지 가슴살 요리: 송아지 가슴살 부위를 아주 얇게 네 장 썰어서 레몬을 약간 넣은 물에 담가 피를 뺍니다. 밑바닥에 돼지비계를 넣고 잘게 썬 당근, 신선한 토마토와 햇양파를 곁들여 둔 커다란 냄비에 송아지 가슴살을 넣습니다. 반쯤 구워지면 양송이 250그램을 넣습니다. 카프르 향초를 넣은 소스를 소스 그릇에 담아 따로 냅니다.

겨자를 넣은 새끼 토끼 요리: 새끼 토끼 두 마리에 진한 겨자를 넉넉히 바릅니다. 포도주를 뿌려주면서 중간 불로 40분 동안 오븐에 굽습니다. 반쯤 구워지면 양송이 250그램을 넣습니다. 프랑스 동부 론알프 주 보나스식 크레이프와 함께 냅니다.

노일리 혼성주를 곁들인 가자미 요리: 큰 가자미 날것 두 마리의 살을 발라놓습니다. 밑바닥에 돼지비계를 넣고 잘게 썬 당근, 신선한 토마토와 햇양파를 곁들여 둔 커다란 냄비에 가자미를 넣습니다. 노일리 혼성주를 넣어 섞습니다. 따뜻하게 데워놓은 접시에 올리고 신선한 백리향을 넉넉하게 뿌려줍니다.

크림을 넣은 송아지 가슴살 요리: 송아지 가슴살 부위를 아주 얇게 네 장 썰어서 레몬을 약간 넣은 물에 담가 피를 뺍니다. 커다란 프라이팬에 센 불로 가볍게 구워낸 뒤 불을 줄여 약한 불로 익힙니다. 불에서 꺼내 진한 생크림 100밀리리터를 뿌립니다. 생크림을 넣은 네덜란드식 소스*를 소스 그릇에 담아 따로 냅니다.

79

무를 넣은 토끼 요리: 새끼 토끼 두 마리에 진한 겨자를 넉넉히 바릅니다. 밑바닥에 돼지비계를 넣고 잘게 썬 당근, 신선한 토마토와 햇양파를 곁들여 둔 커다란 냄비에 토끼를 넣습니다. 반쯤 구워지면 양송이 250그램을 넣습니다. 설탕에 절인 무와 함께 냅니다.

오븐에 구운 가자미 요리: 큰 가자미 날것 두 마리의 살을 발라놓습니다. 포도주를 뿌려주면서 중간 불로 40분 동안 오븐에 굽습니다. 노일리 혼성주를 넣어 섞습니다. 버터로 만든 소스를 소스 그릇에 담아냅니다.

봄채소 가자미 요리: 큰 가자미 날것 두 마리의 살을 발라놓습니다. 밑바닥에 돼지비계를 넣고 잘게 썬 당근, 신선한 토마토와 햇양파를 곁들여 둔 커다란 냄비에 가자미를 넣습니다. 불에서 꺼내 진한 생크림 100밀리리터를 뿌립니다. 완두콩과 함께 냅니다.

*네덜란드가 프랑스 식민지 때 공물로 바치던 네덜란드 버터로 이 소스를 만들었다 하여 붙여진 이름으로, 달걀노른자, 버터, 레몬주스, 식초 등을 넣어 만든 소스.

버섯을 곁들인 송아지 가슴살 요리: 송아지 가슴살 부위를 아주 얇게 네 장 썰어서 레몬을 약간 넣은 물에 담가 피를 뺍니다. 포도주를 뿌려주면서 중간 불로 40분 동안 오븐에 굽습니다. 반쯤 구워지면 양송이 250그램을 넣습니다. 따뜻하게 데워놓은 접시에 올리고 서양 부추에 가까운 산파를 넉넉하게 뿌려줍니다.

양젖 치즈를 넣은 토끼 요리: 새끼 토끼 두 마리에 진한 겨자를 넉넉히 바릅니다. 밑바닥에 돼지비계를 넣고 잘게 썬 당근, 신선한 토마토와 햇양파를 곁들여 둔 커다란 냄비에 토끼를 넣습니다. 불에서 꺼내 진한 생크림 100밀리리터를 뿌립니다. 따뜻하게 데워놓은 접시에 올리고 양젖 치즈를 잘게 썰어 넉넉하게 뿌려줍니다.

80

사이공식 토끼 요리: 새끼 토끼 두 마리에 진한 겨자를 넉넉히 바릅니다. 포도주를 뿌려주면서 중간 불로 40분 동안 오븐에 굽습니다. 불에서 꺼내 진한 생크림 100밀리리터를 뿌립니다. 누옥맘*을 소스 그릇에 담아 따로 냅니다.

참소리쟁이 잎을 넣은 가자미 요리: 큰 가자미 날것 두 마리의 살을 발라놓습니다. 커다란 프라이팬에 센 불로 가볍게 구워낸 뒤 불을 줄여 약한 불로 익힙니다. 노일리 혼성주를 넣어 섞습니다. 참소리쟁이를 넣은 퓌레와 함께 냅니다.

프랑스 남부 베아른식 송아지 가슴살 요리: 송아지 가슴살 부위를 아주 얇게 네 장 썰어서 레몬을 약간 넣은 물에 담가 피를 뺍니다. 밑바닥에 돼지비계를 넣고 잘게 썬 당근, 신선한 토마토와 햇양파를 곁들여 둔 커다란 냄비에 송아지 가슴살을 넣습니다. 노일리 혼성주를 넣어 섞습니다. 베아른 소스**를 소스 그릇에 담아 따로 냅니다.

*베트남 요리의 생선젓 소스.

**앙리 4세의 고향인 옛 베아른 지방이 아닌 파리에 기원을 둔 소스로, 네덜란드식 소스에다 파슬리와 타라곤 잎을 넣어 만드는 전통적인 프랑스 소스. 정제버터에다 달걀노른자, 염교, 타라곤, 파슬리 등을 넣어 만든 소스.

아티초크 꽃봉오리를 넣은 토끼 요리: 새끼 토끼 두 마리에 진한 겨자를 넉넉히 바릅니다. 커다란 프라이팬에 센 불로 가볍게 구워낸 뒤 불을 줄여 약한 불로 익힙니다. 반쯤 구워지면 양송이 250그램을 넣습니다. 아티초크와 함께 냅니다.

쇼롱 소스*와 먹는 가자미 요리: 큰 가자미 날것 두 마리의 살을 발라놓습니다. 커다란 프라이팬에 센 불로 가볍게 구워낸 뒤 불을 줄여 약한 불로 익힙니다. 반쯤 구워지면 양송이 250그램을 넣습니다. 쇼롱 소스를 소스 그릇에 담아 따로 냅니다.

81

이탈리아식 송아지 가슴살 요리: 송아지 가슴살 부위를 아주 얇게 네 장 썰어서 레몬을 약간 넣은 물에 담가 피를 뺍니다. 포도주를 뿌려주면서 중간 불로 40분 동안 오븐에 굽습니다. 따뜻하게 데워놓은 접시에 올리고 파르마산 치즈를 넉넉하게 뿌려줍니다.

가자미찜: 큰 가자미 날것 두 마리의 살을 발라놓습니다. 밑바닥에 돼지비계를 넣고 잘게 썬 당근, 신선한 토마토와 햇양파를 곁들여둔 커다란 냄비에 가자미를 넣습니다. 반쯤 구워지면 양송이 250그램을 넣습니다. 따뜻하게 데워놓은 접시에 올리고 로즈마리를 넉넉하게 뿌려줍니다.

모스크바식 새끼 토끼 요리: 새끼 토끼 두 마리에 진한 겨자를 넉넉히 바릅니다. 커다란 프라이팬에 센 불로 가볍게 구워낸 뒤 불을 줄여 약한 불로 익힙니다. 불에서 꺼내 진한 생크림 100밀리리터를 뿌립니다. 아주 매운 소스를 소스 그릇에 담아 따로 냅니다.

*네덜란드식 소스나 베아른식 소스에 토마토
퓌레를 섞어 장밋빛이 나는 소스.

'소탈한' 가자미 요리: 큰 가자미 날것 두 마리의 살을 발라놓습니다. 포도주를 뿌려주면서 중간 불로 40분 동안 오븐에 굽습니다. 불에서 꺼내 진한 생크림 100밀리리터를 뿌립니다. 따뜻하게 데워놓은 접시에 올리고 잘게 썬 향초를 넉넉하게 뿌려줍니다.

퀴르논스키 송아지 가슴살 요리: 송아지 가슴살 부위를 아주 얇게 네 장 썰어서 레몬을 약간 넣은 물에 담가 피를 뺍니다. 커다란 프라이팬에 센 불로 가볍게 구워낸 뒤 불을 줄여 약한 불로 익힙니다. 노일리 혼성주를 넣어 섞습니다. 브로콜리와 함께 냅니다.

82

치폴라타 소시지를 곁들인 토끼 요리: 새끼 토끼 두 마리에 진한 겨자를 넉넉히 바릅니다. 커다란 프라이팬에 센 불로 가볍게 구워낸 뒤 불을 줄여 약한 불로 익힙니다. 노일리 혼성주를 넣어 섞습니다. 치폴라타 소시지와 함께 냅니다.

수비즈 소스* 가자미 요리: 큰 가자미 날것 두 마리의 살을 발라놓습니다. 커다란 프라이팬에 센 불로 가볍게 구워낸 뒤 불을 줄여 약한 불로 익힙니다. 불에서 꺼내 진한 생크림 100밀리리터를 뿌립니다. 수비즈 소스를 소스 그릇에 담아 따로 냅니다.

냄비에 삶은 송아지 가슴살 요리: 송아지 가슴살 부위를 아주 얇게 네 장 썰어서 레몬을 약간 넣은 물에 담가 피를 뺍니다. 밑바닥에 돼지비계를 넣고 잘게 썬 당근, 신선한 토마토와 햇양파를 곁들여 둔 커다란 냄비에 송아지 가슴살을 넣습니다. 불에서 꺼내 진한 생크림 100밀리리터를 뿌립니다. 아티초크 속을 함께 냅니다.

*양파를 볶다가 크림을 넣고 소금과 후추로 간을 한 소스로, 18세기 귀족 수비즈 공 샤를 드 로앙의 이름에서 유래했다.

피스타치오를 곁들인 토끼 요리: 새끼 토끼 두 마리에 진한 겨자를 넉넉히 바릅니다. 포도주를 뿌려주면서 중간 불로 40분 동안 오븐에 굽습니다. 불에서 꺼내 진한 생크림 100밀리리터를 뿌립니다. 따뜻하게 데워놓은 접시에 올리고 빻은 피스타치오를 넉넉하게 뿌려줍니다.

오로라 소스* 송아지 가슴살 요리: 송아지 가슴살 부위를 아주 얇게 네 장 썰어서 레몬을 약간 넣은 물에 담가 피를 뺍니다. 커다란 프라이팬에 센 불로 가볍게 구워낸 뒤 불을 줄여 약한 불로 익힙니다. 노일리 혼성주를 넣어 섞습니다. 오로라 소스를 소스 그릇에 담아 따로 냅니다.

83

커민을 넣은 토끼 요리: 새끼 토끼 두 마리에 진한 겨자를 넉넉히 바릅니다. 커다란 프라이팬에 센 불로 가볍게 구워낸 뒤 불을 줄여 약한 불로 익힙니다. 반쯤 구워지면 양송이 250그램을 넣습니다. 따뜻하게 데워놓은 접시에 올리고 향신료 커민을 넉넉하게 뿌려줍니다.

쉬프렘 소스**를 끼얹은 가자미 요리: 큰 가자미 날것 두 마리의 살을 발라놓습니다. 포도주를 뿌려주면서 중간 불로 40분 동안 오븐에 굽습니다. 반쯤 구워지면 양송이 250그램을 넣습니다. 아스파라거스와 함께 냅니다.

아프리카 동부 인도양 세이셸식 송아지 가슴살 요리: 송아지 가슴살 부위를 아주 얇게 네 장 썰어서 레몬을 약간 넣은 물에 담가 피를 뺍니다. 커다란 프라이팬에 센 불로 가볍게 구워낸 뒤 불을 줄여 약한 불로 익힙니다. 불에서 꺼내 진한 생크림 100밀리리터를 뿌립니다. 따뜻하게 데워놓은 접시에 올리고 코코넛을 갈아 넉넉하게 뿌려줍니다.

*토마토 퓌레를 넣어 분홍빛이 도는 베샤멜소스.   **닭 육수에 크림, 소금, 후추 등으로 만든 소스.

프랑스 남동부 프로방스식 토끼 요리: 새끼 토끼 두 마리에 진한 겨자를 넉넉히 바릅니다. 밑바닥에 돼지비계를 넣고 잘게 썬 당근, 신선한 토마토와 햇양파를 곁들여 둔 커다란 냄비에 토끼를 넣습니다. 반쯤 구워지면 양송이 250그램을 넣습니다. 마늘과 올리브로 만든 아욜리 소스를 소스 그릇에 담아 따로 냅니다.

송아지 가슴살 특선 요리: 송아지 가슴살 부위를 아주 얇게 네 장 썰어서 레몬을 약간 넣은 물에 담가 피를 뺍니다. 포도주를 뿌려주면서 중간 불로 40분 동안 오븐에 굽습니다. 노일리 혼성주를 넣어 섞습니다. 녹차 셔벗과 함께 냅니다.

프랑스 중부 오베르뉴식으로 구운 가자미 요리: 큰 가자미 날것 두 마리의 살을 발라놓습니다. 밑바닥에 돼지비계를 넣고 잘게 썬 당근, 신선한 토마토와 햇양파를 곁들여 둔 커다란 냄비에 가자미를 넣습니다. 노일리 혼성주를 넣어 섞습니다. 렌즈콩과 함께 냅니다.

메피스토 송아지* 가슴살 요리: 송아지 가슴살 부위를 아주 얇게 네 장 썰어서 레몬을 약간 넣은 물에 담가 피를 뺍니다. 포도주를 뿌려주면서 중간 불로 40분 동안 오븐에 굽습니다. 반쯤 구워지면 양송이 250그램을 넣습니다. 매운 소스를 소스 그릇에 담아 따로 냅니다.

'카페 드 파리' 소스** 가자미 요리: 큰 가자미 날것 두 마리의 살을 발라놓습니다. 밑바닥에 돼지비계를 넣고 잘게 썬 당근, 신선한 토마토와 햇양파를 곁들여 둔 커다란 냄비에 가자미를 넣습니다. 반쯤 구워지면 양송이 250그램을 넣습니다. 베샤멜 소스***를 소스 그릇에 담아 따로 냅니다.

*구노의 오페라 〈파우스트〉 5막 중 2막에서 메피스토펠레스가 부르는 아리아 '황금송아지의 노래'에서 따온 이름.

**생버터에 올리브, 마늘, 양파, 백포도주, 토마토 페이소스 등 각종 재료를 넣어 만든 소스.
***모든 서양 요리의 기본이 되는 화이트소스로, 루이 14세의 급사 루이 드 베샤멜이 만들었다 하여 붙여진 이름의 크림 소스.

바질을 넣은 토끼 요리: 새끼 토끼 두 마리에 진한 겨자를 넉넉히 바릅니다. 포도주를 뿌려주면서 중간 불로 40분 동안 오븐에 굽습니다. 반쯤 구워지면 양송이 250그램을 넣습니다. 따뜻하게 데워놓은 접시에 올리고 바질을 넉넉하게 뿌려줍니다.

프랑스 남동부 리옹식 송아지 가슴살 요리: 송아지 가슴살 부위를 아주 얇게 네 장 썰어서 레몬을 약간 넣은 물에 담가 피를 뺍니다. 밑바닥에 돼지비계를 넣고 잘게 썬 당근, 신선한 토마토와 햇양파를 곁들여 둔 커다란 냄비에 송아지 가슴살을 넣습니다. 불에서 꺼내 진한 생크림 100밀리리터를 뿌립니다. 라비고트 소스*를 소스 그릇에 담아 따로 냅니다.

85

이탈리아 북부 발레다오스타식 새끼 토끼 튀김 요리: 새끼 토끼 두 마리에 진한 겨자를 넉넉히 바릅니다. 커다란 프라이팬에 센 불로 가볍게 구워낸 뒤 불을 줄여 약한 불로 익힙니다. 노일리 혼성주를 넣어 섞습니다. 따뜻하게 데워놓은 접시에 올리고 붓순나무 열매를 넉넉하게 뿌려줍니다.

벨기에 수도 브뤼셀식 가자미 살 요리: 큰 가자미 날것 두 마리의 살을 발라놓습니다. 커다란 프라이팬에 센 불로 가볍게 구워낸 뒤 불을 줄여 약한 불로 익힙니다. 노일리 혼성주를 넣어 섞습니다. 네덜란드식 소스를 소스 그릇에 담아 따로 냅니다.

돼지고기를 곁들인 가자미 요리: 큰 가자미 날것 두 마리의 살을 발라놓습니다. 포도주를 뿌려주면서 중간 불로 40분 동안 오븐에 굽습니다. 불에서 꺼내 진한 생크림 100밀리리터를 뿌립니다. 사과와 다른 과일로 만든 잼과 함께 냅니다.

*쇠고기 육수에 루를 넣어 만든 독일식 소스에 백포도주를 넣고 파슬리, 실파 등을 넣어 만든 소스.

사프란을 넣은 송아지 가슴살 요리: 송아지 가슴살 부위를 아주 얇게 네 장 썰어서 레몬을 약간 넣은 물에 담가 피를 뺍니다. 포도주를 뿌려주면서 중간 불로 40분 동안 오븐에 굽습니다. 불에서 꺼내 진한 생크림 100밀리리터를 뿌립니다. 따뜻하게 데워놓은 접시에 올리고 사프란을 넉넉하게 뿌려줍니다.

프랑스 북동부 알자스식 토끼 요리: 새끼 토끼 두 마리에 진한 겨자를 넉넉히 바릅니다. 밑바닥에 돼지비계를 넣고 잘게 썬 당근, 신선한 토마토와 햇양파를 곁들여 둔 커다란 냄비에 토끼를 넣습니다. 불에서 꺼내 진한 생크림 100밀리리터를 뿌립니다. 방금 만든 파스타와 함께 냅니다.

12월 31일 성 실베스트 축일 송아지 가슴살 요리: 송아지 가슴살 부위를 아주 얇게 네 장 썰어서 레몬을 약간 넣은 물에 담가 피를 뺍니다. 커다란 프라이팬에 센 불로 가볍게 구워낸 뒤 불을 줄여 약한 불로 익힙니다. 반쯤 구워지면 양송이 250그램을 넣습니다. 밤과 함께 냅니다.

저칼로리 가자미 살 요리: 큰 가자미 날것 두 마리의 살을 발라놓습니다. 포도주를 뿌려주면서 중간 불로 40분 동안 오븐에 굽습니다. 노일리 혼성주를 넣어 섞습니다. 근대 열매와 함께 냅니다.

프랑스 남부 페리고르식 소스*를 넣은 송아지 가슴살 요리: 송아지 가슴살 부위를 아주 얇게 네 장 썰어서 레몬을 약간 넣은 물에 담가 피를 뺍니다. 밑바닥에 돼지비계를 넣고 잘게 썬 당근, 신선한 토마토와 햇양파를 곁들여 둔 커다란 냄비에 송아지 가슴살을 넣습니다. 반쯤 구워지면 양송이 250그램을 넣습니다. 셀러리 퓌레와 함께 냅니다.

*검은 서양송로가 많이 나는 페리고르 지방에서 즐기는 소스로, 간 소고기에 버터, 적포도주, 검은 송로버섯 등을 넣어 만든다.

아몬드를 넣은 토끼 요리: 새끼 토끼 두 마리에 진한 겨자를 넉넉히 바릅니다. 포도주를 뿌려주면서 중간 불로 40분 동안 오븐에 굽습니다. 노일리 혼성주를 넣어 섞습니다. 따뜻하게 데워놓은 접시에 올리고 아몬드를 빻아 넉넉하게 뿌려줍니다.

프랑스 남서부 랑드식 가자미 요리: 큰 가자미 날것 두 마리의 살을 발라놓습니다. 커다란 프라이팬에 센 불로 가볍게 구워낸 뒤 불을 줄여 약한 불로 익힙니다. 불에서 꺼내 진한 생크림 100밀리리터를 뿌립니다. 가지 그라탱과 함께 냅니다.

프랑스 중서부 투랑젤식 토끼 요리: 새끼 토끼 두 마리에 진한 겨자를 넉넉히 바릅니다. 밑바닥에 돼지비계를 넣고 잘게 썬 당근, 신선한 토마토와 햇양파를 곁들여 둔 커다란 냄비에 토끼를 넣습니다. 노일리 혼성주를 넣어 섞습니다. 토마토소스를 소스 그릇에 담아 따로 냅니다.

플랑드르식 송아지 가슴살 요리: 송아지 가슴살 부위를 아주 얇게 네 장 썰어서 레몬을 약간 넣은 물에 담가 피를 뺍니다. 커다란 프라이팬에 센 불로 가볍게 구워낸 뒤 불을 줄여 약한 불로 익힙니다. 반쯤 구워지면 양송이 250그램을 넣습니다. 마요네즈를 소스 그릇에 담아 따로 냅니다.

헝가리식 새끼 토끼 요리: 새끼 토끼 두 마리에 진한 겨자를 넉넉히 바릅니다. 커다란 프라이팬에 센 불로 가볍게 구워낸 뒤 불을 줄여 약한 불로 익힙니다. 불에서 꺼내 진한 생크림 100밀리리터를 뿌립니다. 따뜻하게 데워놓은 접시에 올리고 파프리카를 넉넉하게 뿌려줍니다.

할머니식 가자미 요리: 큰 가자미 날것 두 마리의 살을 발라놓습니다. 커다란 프라이팬에 센 불로 가볍게 구워낸 뒤 불을 줄여 약한 불로 익힙니다. 반쯤 구워지면 양송이 250그램을 넣습니다. 비시 당근 요리*와 함께 냅니다.

루이 14세식 송아지 가슴살 요리: 송아지 가슴살 부위를 아주 얇게 네 장 썰어서 레몬을 약간 넣은 물에 담가 피를 뺍니다. 밑바닥에 돼지비계를 넣고 잘게 썬 당근, 신선한 토마토와 햇양파를 곁들여 둔 커다란 냄비에 송아지 가슴살을 넣습니다. 노일리 혼성주를 넣어 섞습니다. 따뜻하게 데워놓은 접시에 올리고 파슬리를 넉넉하게 뿌려줍니다.

영국식 가자미 요리: 큰 가자미 날것 두 마리의 살을 발라놓습니다. 포도주를 뿌려주면서 중간 불로 40분 동안 오븐에 굽습니다. 반쯤 구워지면 양송이 250그램을 넣습니다. 서양 고추냉이를 소스 그릇에 담아 따로 냅니다.

땅콩을 곁들인 토끼 요리: 새끼 토끼 두 마리에 진한 겨자를 넉넉히 바릅니다. 밑바닥에 돼지비계를 넣고 잘게 썬 당근, 신선한 토마토와 햇양파를 곁들여 둔 커다란 냄비에 토끼를 넣습니다. 노일리 혼성주를 넣어 섞습니다. 따뜻하게 데워놓은 접시에 올리고 잘게 빻은 땅콩을 넉넉하게 뿌려줍니다.

쌀밥을 곁들인 송아지 가슴살 요리: 송아지 가슴살 부위를 아주 얇게 네 장 썰어서 레몬을 약간 넣은 물에 담가 피를 뺍니다. 포도주를 뿌려주면서 중간 불로 40분 동안 오븐에 굽습니다. 반쯤 구워지면 양송이 250그램을 넣습니다. 우유로 찐 쌀을 곁들여 냅니다.

*프랑스 중부 비시에서 먹는 당근 요리로, 버터와 생크림과 후추 등으로 만들어 생선 및 닭 요리와 곁들여 낸다.

염교를 넣은 가자미 요리: 큰 가자미 날것 두 마리의 살을 발라놓습니다. 커다란 프라이팬에 센 불로 가볍게 구워낸 뒤 불을 줄여 약한 불로 익힙니다. 노일리 혼성주를 넣어 섞습니다. 따뜻하게 데워놓은 접시에 올리고 잘게 다진 염교*를 넉넉하게 뿌려줍니다.

베르시 소스를 곁들인 새끼 토끼 요리: 새끼 토끼 두 마리에 진한 겨자를 넉넉히 바릅니다. 커다란 프라이팬에 센 불로 가볍게 구워낸 뒤 불을 줄여 약한 불로 익힙니다. 반쯤 구워지면 양송이 250 그램을 넣습니다. 베르시 소스**를 소스 그릇에 담아 따로 냅니다.

89

스위스 베른식 송아지 가슴살 요리: 송아지 가슴살 부위를 아주 얇게 네 장 썰어서 레몬을 약간 넣은 물에 담가 피를 뺍니다. 밑바닥에 돼지비계를 넣고 잘게 썬 당근, 신선한 토마토와 햇양파를 곁들여 둔 커다란 냄비에 송아지 가슴살을 넣습니다. 불에서 꺼내 진한 생크림 100밀리리터를 뿌립니다. 따뜻하게 데워놓은 접시에 올리고 대형하드치즈인 그뤼에르 치즈를 강판에 갈아 넉넉하게 뿌려줍니다.

'선택된 소수'를 위한 새끼 토끼 요리: 새끼 토끼 두 마리에 진한 겨자를 넉넉히 바릅니다. 커다란 프라이팬에 센 불로 가볍게 구워낸 뒤 불을 줄이고 약한 불로 익힙니다. 노일리 혼성주를 넣어 섞습니다. 영국식 소스***를 소스 그릇에 담아 따로 냅니다.

프랑스 북동부 스트라스부르식 가자미 요리: 큰 가자미 날것 두 마리의 살을 발라놓습니다. 커다란 프라이팬에 센 불로 가볍게 구워낸 뒤 불을 줄여 약한 불로 익힙니다. 불에서 꺼내 진한 생크림 100밀리

*줄기까지 기다란 서양식 양파의 일종인데, 염교를 넣고 백포도주, 생크림, 올리브기름, 소금, 후추 등을 넣고 소스를 만들기도 한다.
**파리의 와인 집산 구역인 베르시 이름을 딴 생선 요리용 소스로, 갈색의 진한 고기 육수에 작은 양파인 셜롯, 백포도주, 버터, 파슬리, 쑥과의 허브인 타라곤 등을 넣어 만든 소스.

***우유, 달걀노른자, 설탕, 바닐라빈 등 과일주를 조금 넣어 만든 후식 소스의 모체가 되는 소스로, 미국식 이름은 커스터드 소스.

리터를 뿌립니다. 따뜻하게 데워놓은 접시에 올리고 튀긴 파슬리 한 움큼을 넉넉하게 뿌려줍니다.

구운 토끼 요리: 새끼 토끼 두 마리에 진한 겨자를 넉넉히 바릅니다. 밑바닥에 돼지비계를 넣고 잘게 썬 당근, 신선한 토마토와 햇양파를 곁들여 둔 커다란 냄비에 토끼를 넣습니다. 불에서 꺼내 진한 생크림 100밀리리터를 뿌립니다. 화이트소스를 소스 그릇에 담아 따로 냅니다.

90 프랑스 북서부 팽폴식 가자미 요리: 큰 가자미 날것 두 마리의 살을 발라놓습니다. 밑바닥에 돼지비계를 넣고 잘게 썬 당근, 신선한 토마토와 햇양파를 곁들여 둔 커다란 냄비에 가자미를 넣습니다. 반쯤 구워지면 양송이 250그램을 더 넣습니다. 꽃양배추 그라탱과 함께 냅니다.

공주님 소스*를 곁들인 송아지 가슴살 요리: 송아지 가슴살 부위를 아주 얇게 네 장 썰어서 레몬을 약간 넣은 물에 담가 피를 뺍니다. 포도주를 뿌려주면서 중간 불로 40분 동안 오븐에 굽습니다. 불에서 꺼내 진한 생크림 100밀리리터를 뿌립니다. 모르네이 소스**를 소스 그릇에 담아 따로 냅니다.

호텔식 가자미 요리: 큰 가자미 날것 두 마리의 살을 발라놓습니다. 밑바닥에 돼지비계를 넣고 잘게 썬 당근, 신선한 토마토와 햇양파를 곁들여 둔 커다란 냄비에 가자미를 넣습니다. 노일리 혼성주를 넣어 섞습니다. 호텔 장인의 버터 소스를 소스 그릇에 담아 따로 냅니다.

*네덜란드식 소스에 송로버섯 등을 넣어 만든 소스.   **베샤멜 소스에 치즈를 넣어 만든 소스.

프랑스 남동부 그르노블식 토끼 요리: 새끼 토끼 두 마리에 진한 겨자를 넉넉히 바릅니다. 포도주를 뿌려주면서 중간 불로 40분 동안 오븐에 굽습니다. 노일리 혼성주를 넣어 섞습니다. 사부아 지방의 감자요리와 함께 냅니다.

물냉이 퓌레를 곁들인 송아지 가슴살 요리: 송아지 가슴살 부위를 아주 얇게 네 장 썰어서 레몬을 약간 넣은 물에 담가 피를 뺍니다. 커다란 프라이팬에 센 불로 가볍게 구워낸 뒤 불을 줄여 약한 불로 익힙니다. 불에서 꺼내 진한 생크림 100밀리리터를 뿌립니다. 물냉이 퓌레와 함께 냅니다.

91

스트라빈스키 가자미 요리: 큰 가자미 날것 두 마리의 살을 발라놓습니다. 밑바닥에 돼지비계를 넣고 잘게 썬 당근, 신선한 토마토와 햇양파를 곁들여 둔 커다란 냄비에 가자미를 넣습니다. 불에서 꺼내 진한 생크림 100밀리리터를 뿌립니다. 보르드레즈*를 소스 그릇에 담아 따로 냅니다.

'서부 별장'의 새끼 토끼 요리: 새끼 토끼 두 마리에 진한 겨자를 넉넉히 바릅니다. 포도주를 뿌려주면서 중간 불로 40분 동안 오븐에 굽습니다. 반쯤 구워지면 양송이 250그램을 넣습니다. 타르타르 소스를 소스 그릇에 담아 따로 냅니다.

옛날식 가자미 요리: 큰 가자미 날것 두 마리의 살을 발라놓습니다. 포도주를 뿌려주면서 중간 불로 40분 동안 오븐에 굽습니다. 노일리 혼성주를 넣어 섞습니다. 따뜻하게 데워놓은 접시에 올리고 육두구를 갈아 넉넉하게 뿌려줍니다.

*'보르도식 소스'를 가리키는 말로, 프랑스 남서부 항구도시 보르도에서 즐기는 전통적인 프랑스 소스. 브라운 소스에 포도주, 양파, 당근, 셀러리, 월계수잎 등을 넣어 만든다.

미국식 송아지 가슴살 요리: 송아지 가슴살 부위를 아주 얇게 네 장 썰어서 레몬을 약간 넣은 물에 담가 피를 뺍니다. 밑바닥에 돼지비계를 넣고 잘게 썬 당근, 신선한 토마토와 햇양파를 곁들여 둔 커다란 냄비에 송아지 가슴살을 넣습니다. 반쯤 구워지면 양송이 250그램을 넣습니다. 따뜻하게 데워놓은 접시에 올리고 카옌페퍼를 넉넉하게 뿌려줍니다.

'낙천가의' 토끼 요리: 새끼 토끼 두 마리에 진한 겨자를 넉넉히 바릅니다. 포도주를 뿌려주면서 중간 불로 40분 동안 오븐에 굽습니다. 불에서 꺼내 진한 생크림 100밀리리터를 뿌립니다. 영국식 감자 요리와 함께 냅니다.

92

영주님의 송아지 가슴살 요리: 송아지 가슴살 부위를 아주 얇게 네 장 썰어서 레몬을 약간 넣은 물에 담가 피를 뺍니다. 커다란 프라이팬에 센 불로 가볍게 구워낸 뒤 불을 줄여 약한 불로 익힙니다. 노일리 혼성주를 넣어 섞습니다. 따뜻하게 데워놓은 접시에 올리고 라임 껍질을 아주 가늘게 썰어 넉넉하게 뿌려줍니다.

노일리 혼성주를 넣은 송아지 가슴살 요리: 송아지 가슴살 부위를 아주 얇게 네 장 썰어서 레몬을 약간 넣은 물에 담가 피를 뺍니다. 포도주를 뿌려주면서 중간 불로 40분 동안 오븐에 굽습니다. 노일리 혼성주를 넣어 섞습니다. 레물라드 소스*를 소스 그릇에 담아 따로 냅니다.

이국풍 가자미 요리: 큰 가자미 날것 두 마리의 살을 발라놓습니다. 커다란 프라이팬에 센 불로 가볍게 구워낸 뒤 불을 줄여 약한 불로

*타르타르 소스와 비슷한 프랑스식 겨자 소스로, 여기에 서양고추냉이나 파프리카, 멸치 등을 넣기도 한다.

익힙니다. 반쯤 구워지면 양송이 250그램을 넣습니다. 따뜻하게 데워놓은 접시에 올리고 계피를 넉넉하게 뿌려줍니다.

'파리 고급 호텔'식 토끼 요리: 새끼 토끼 두 마리에 진한 겨자를 넉넉히 바릅니다. 커다란 프라이팬에 센 불로 가볍게 구워낸 뒤 불을 줄여 약한 불로 익힙니다. 불에서 꺼내 진한 생크림 100밀리리터를 뿌립니다. 선모仙茅 뿌리 튀김과 함께 냅니다.

프랑스 북서부 노르망디식 오븐 가자미 요리: 큰 가자미 날것 두 마리의 살을 발라놓습니다. 포도주를 뿌려주면서 중간 불로 40분 동안 오븐에 굽습니다. 불에서 꺼내 진한 생크림 100밀리리터를 뿌립니다. 녹인 버터를 소스 그릇에 담아 따로 냅니다.

영국 잉글랜드 북부 요크셔식 구운 송아지 가슴살 요리: 송아지 가슴살 부위를 아주 얇게 네 장 썰어서 레몬을 약간 넣은 물에 담가 피를 뺍니다. 밑바닥에 돼지비계를 넣고 잘게 썬 당근, 신선한 토마토와 햇양파를 곁들여 둔 커다란 냄비에 송아지 가슴살을 넣습니다. 노일리 혼성주를 넣어 섞습니다. 요크셔 푸딩*과 함께 냅니다.

파리 분지의 남쪽 베리식 토끼 요리: 새끼 토끼 두 마리에 진한 겨자를 넉넉히 바릅니다. 밑바닥에 돼지비계를 넣고 잘게 썬 당근, 신선한 토마토와 햇양파를 곁들여 둔 커다란 냄비에 토끼를 넣습니다. 반쯤 구워지면 양송이 250그램을 넣습니다. 따뜻하게 데워놓은 접시에 올리고 빵가루를 넉넉하게 뿌려줍니다.

*밀가루, 달걀, 우유 등을 섞어 만든 짭짤한
영국식 푸딩.

읽기: 사회-생리학적 개요

이어지는 내용들은 그저 떠오르는 대로 적어놓은 메모에 불과할 수 있다. 유기적이기보다는 직관적으로 여기저기 흩어진 사실들을 모 아놓은 것이기에 체계적인 지식과는 거리가 멀고, 차라리 마르셀 모스가 「육체의 테크닉」에 쓴 서론에서(『사회학과 인류학』, 파리: PUF, 1950, 365쪽 이하) 언급하고 있는 기술記述 민족학이라는 미 개간지, 고립무원이나 다름없는 영역에 속할 것이다. 이런 사항들 은 '기타' 항목으로 처리되지만 시급히 연구가 이루어져야 할 영역 이다. 이 분야에서 우리가 아는 것이란 우리가 아는 것이 거의 없다 는 사실밖에 없으며, 주의를 기울이면 굉장히 많은 것을 찾아낼 수 있지 않을까 예감만 할 뿐이다. 대개 언급 없이 지나가고, 누가 책임 지고 다루는 것도 아니며, 그 자체로 자명한 진부한 것들을 굳이 기 술할 필요가 있겠느냐고 생각할 수도 있겠지만, 그런 사실들로 우 리 인간은 기술된다. 이는 흔히 사회학자를 먹여 살리는 대부분의 사회제도라든지 이데올로기라든지 하는 영역보다 훨씬 더 격렬하 고 생생하게 우리 육체의 역사, 우리가 취하는 제스처와 자세를 형 성한 문화, 적어도 정신활동만큼이나 우리의 행동을 견인해온 교육 과 관련되는 일이다. 모스는 걸음걸이와 춤, 달리기와 뜀뛰기, 휴식 의 여러 양상, 운반 기술과 던지기 기술, 책상의 형태와 침대의 형태,

존경의 표출양식, 육체의 위생 등도 사정이 같다고 본다. 독서 역시 그러하다.

읽는다는 것은 하나의 행위다. 나는 이 행위에 대해서, 단지 이 행위에 대해서만 말하고자 한다. 이 행위가 이뤄지는 방식과 이를 둘러싸고 있는 것에 대해 말하고 싶지, 이 행위로 인해 산출된 것(독서, 이미 읽기가 끝난 텍스트), 그 행동보다 앞서는 것(서체와 서체의 선택, 판형과 판형의 선택, 인쇄와 인쇄의 선택, 배포와 배포의 선택 등)에 대해서 말하려는 게 아니다. 요컨대 근筋 활동학(생리학, 근육의 운동)과 사회생태학(시공간적 환경)적 관점에서 본 독서의 경제학과 같은 어떤 것에 대해 말하려는 것이다.

이미 몇십 년 전부터 현대 비평 학파는 서체, 기법, 제작poïétique 방식에 분명 주목해왔다. 신성한 산파술이나 머리카락을 쭈뼛거리게 하는 영감이 아니라, 흰 바탕에 검은색 글씨, 텍스트의 짜임새, 기재사항, 궤적, 문자 그 자체, 미세한 솜씨, 서체의 공간 구성, 글을 쓰는 재료(펜인지, 붓인지, 타자기인지), 그것을 받치는 것(라클로의 『위험한 관계』에서 발몽이 투르벨 부인에게 보내는 편지를 보면 다음과 같은 구절이 있다: "당신께 보낼 이 편지를 받치고 있는 책상은, 이 용도로 처음 마련되었으니, 제게는 사랑의 성스러운 제단이 되었습니다……"), 약호(구두점, 행갈이, 되풀이 등), 주변 사항(글을 쓰는 작가, 글을 쓰는 장소, 글을 쓰는 리듬. 그러니까 카페에서 글을 쓰는 사람이 있고, 밤에 작업하는 사람이 있고, 새벽에 작업하는 사람이 있고, 일요일에만 작업하는 사람 등이 있다)에 주안점을 둔 것이다.

이에 상응하는 작업은 이제 해야 할 일로, 내가 보기에 이 작품생산에서의 원심성遠心性 국면인 것 같다. 즉 독자가 텍스트에 대해 맡게 되는 임무 말이다. 고려해야 할 것은 포착된 메시지가 아니라, 기본적인 차원에서 그 메시지를 포착하는 일, 독서하는 동안 무슨 일이 일어나는가 하는 것이다. 눈이 행들 위에 놓이고, 죽 훑어

내려가고, 그러는 가운데 동반되는 것 전부 말이다. 말하자면 읽는 다는 것이 원래 어떤 행위인가 하는 문제로 되돌아가게 하는 독서, 즉 정확히 몸이 어떻게 움직이는지, 어떤 근육이 어떻게 작동하는 지, 어떤 다양한 자세가 있는지, 어떻게 차례차례로 결정이 내려지는지, 순간적으로 어떤 선택이 이루어지는지, 사회생활의 연속체에 어떤 총체적 전략이 들어 있기에 우리가 아무거나 읽긴 해도 아무렇게나, 아무 때나, 아무데서나 읽지는 않게 되는지 하는 문제와 같은 것이다.

97

I. 육체

눈

우리는 눈으로 읽는다.[1] 읽는 동안 눈이 무슨 일을 하는지는 복잡한 문제로, 이는 내 능력 밖의 일이고, 이 논문 범위에서도 벗어난다. 20세기 초부터 (야르부스, 스타크 등) 이 문제를 잠깐이나마 다뤘던 문헌들이 많은데, 이를 보면 적어도 다음과 같이 단순하지만 근본적으로 확실한 점을 끌어낼 수 있다. 눈은 문자를 하나씩 차례로 읽지 않으며, 단어를 하나씩 차례로 읽지 않으며, 행을 하나씩 차례로 읽지 않는다. 눈은 단속적 도약과 고정적 주시를 통해 나아가며,

---

1. 맹인은 빼고, 그들은 손가락으로 책을 읽으니까. 또 다음과 같이 남이 읽어줘서 독서하는 사람도 제외한다. 러시아 소설에서 하녀와 함께 등장하는 공작부인들, 그리고 프랑스대혁명으로 파산에 이른 프랑스 명문가 아가씨들이 그렇다. 또 에르크만-샤트리앙의 소설에서 글을 읽을 줄 몰라 그들 가운데 하나가 전쟁에 나가 부상당한 아들의 편지, 신문, 성경이나 연감 등을 읽어주는 그 주위에 함께 모여 (커다란 나무 탁자, 사발들, 술 단지들, 벽난로 근처 고양이들, 문 앞의 개들과 더불어) 밤을 새우는 농민들도 빼야 한다. 역시나 알퐁스 도데의 「노인들」에 나오는 모리스의 조부모들도 빼야 하는데, 당시 도데가 그들 집에 들렀을 때 다음과 같이 성 이레나에우스의 생애를 철자를 끊어가며 읽고 있던 어린 고아 소녀뿐이었던 것이다. "곧-장-사-자-두-마-리-가-그-에-게-달-려-들-어-그-를-삼-켜-버-렸-다……"

동시에 고집스럽게 읽은 것을 또 읽으면서 독서의 장場 전체를 탐색해나간다. 이렇듯 지각할 수 없는 중단들로 점철된 독서의 여정에서 눈은 찾고자 하는 것을 발견하기 위해 텔레비전 수상기처럼 (스캐닝走査이라는 이 용어에서 떠올릴 수 있듯) 규칙적으로가 아니라 무작위로, 무질서하게, 반복적으로, 강력하고 맹렬하게 페이지를 훑어내버려야만 했을 것이다. 혹은, 은유로 가득한 세상에서 살아가는 우리로서는, 눈이란 것을 빵 부스러기를 찾아 바닥을 쪼는 비둘기 같다고 하는 편이 나을 수도 있겠다. 그 이미지가 다소 의심스러운 것은 분명하지만 내가 보기에는 독서의 특징을 잘 드러내주는 듯하며, 따라서 나는 그 이미지로부터 텍스트 이론의 출발점이 될 수도 있을 어떤 것을 주저 없이 끌어내고자 한다. 읽는다는 것은 무엇보다 어떤 텍스트에서 의미 있는 요소들, 의미의 부스러기들, 표시해두고 비교하고 다시 찾아보게 되는 키워드와 같은 어떤 것을 추출해내는 일이다. 이러한 것들이 텍스트에 있음을 입증해나가면서, 우리는 텍스트 내부에 우리가 존재함을 알고, 텍스트를 판별하며, 인증한다. 이러한 키워드들은 단어일 수도 있지만(예를 들어 추리소설에서 그러하며, 에로틱한 작품들 혹은 이런 걸 내세우는 책에서는 훨씬 더 그러하다), 소리의 효과(각운), 페이지를 나누는 방식, 문장의 표현 방식, 활자의 특성(예를 들어 현대의 '너무나도 많은' 수의 픽션 텍스트, 비평 텍스트, 혹은 픽션비평 텍스트에서 특정 '단어'를 이탤릭체로 쓰는 것)이거나 서술 시퀀스 전체가 해당될 수도 있다. (자크 뒤샤토, 「피터 체니의 주변적 독서」『잠재 문학』, 파리: 갈리마르, 이데 총서, 1973년 참조)

　　요컨대 정보과학이론가들이 패턴 인식이라고 부르는 것과 관련된다. 원래 텍스트인 문자, 띄어쓰기, 구두기호가 선형적으로 연속되어나가면서 발견되는 어떤 적절한 윤곽선을 말하는데, 무엇보다 그것이 텍스트에서 표시가 나게 될 때 생겨날 그 텍스트의 의미로서, 구문론적 일관성이랄지, 서술의 구성이랄지, 흔히 '문체'라 부르는 것이랄지 하는 독서의 다양한 충위로 드러나게 된다.

고전적이고 기초적인 몇몇 사례, 말하자면 어휘적인 사례(읽는다는 것은, 'couvent'이라는 단어가 암탉들이 알을 낳은 뒤 이를 품는 행위를 가리키는지 수도원을 가리키는지를 아는 일이며, 또는 애몽의 네 아들이 바느질할 때 쓰는 실絲을 뜻하는 것이 아님을 즉각 알아차리는 일이다)* 말고 어떤 실험적인 프로토콜로 이 인지 작업을 연구할 수 있을지 나는 모르겠다. 내가 할 수 있는 것은 부정적인 확증뿐이다. 오랫동안 나는 러시아 소설을 읽으며 너무도 낙심했다(……안나 미하일로브나 드루베츠코이를 먼저 보낸 홀아비 보리스 티모페치 이스마일로프는 카테리나 르포프나 보리시치에게 청혼했는데 그녀는 이반 미하일로브 바실리예프를 더 좋아하고 있었다). 또는 열다섯 살 때 『입 싼 보석들』의 노골적이기로 유명한 다음 구절을 해석하고자 했을 때도 그랬다("Saepe turgentem spumantemque admovit ori priapum, simlque appressis ad labia labiis, fellatrice me linguá perfricuit……").**

텍스트의 어떤 기술은 예측할 수 있는 것과 예측할 수 없는 것, 기대와 실망, 은밀한 내통과 예기치 않은 놀라움 사이에 기반을 둔 놀이일 수 있다. 세심하게 공들인 어법, 미묘하게 저속하든지 솔직한 은어 투의 표현들이 무심하게 산재해 있는 어법이 나타난 예(클로델, 라캉)를 하나 들 수도 있을 것이다. 혹은 더 낫게, "하지만 저는 섞어버립니다. 줄루족의 수포를, 복권 긁는 두 손가락 같은 뭔가를 잘 흔들어보시겠어요?"(장 타르디외, 『이 단어를 저 단어로』)***라

99

* couvent은 프랑스어 '알을 품다couver' 동사의 삼인칭 복수의 현재형이지만 명사로 쓰이는 경우에는 '수도원'을 뜻한다. '애몽의 네 아들'은 샹파뉴 아르덴 지방에 전해 내려오는 중세의 신화로, 프랑스어에서 '아들'을 의미하는 fils와 '실'의 복수형 fils는 발음은 다르지만 철자가 동일하다.

** 디드로의 소설 『입 싼 보석들』 2권 14장에 나오는 라틴어 인용문. "그는 발기된 그의 성기를 자주 제 입에 대고, 게다가 그의 입술로 제 입술을 짓누르면서, 흡인력이 센 혀로 저의 온몸을 핥았습니다……"(드니 디드로, 정상현 옮김, 『입 싼 보석들』, 고려대학교출판부, 2007, 278쪽)
*** 타르디외는 이 희곡에서 1900년경 기이한 전염병이 돌아 단어를 멋대로 사용하는 병에 걸린 사람들을 소재로 삼았다. 이 병에 걸린 사람들은 마치 "가방에서 무작위로 꺼내듯" 말을 하게 된다.

고 할 수도 있다. 혹은 『인생의 일요일』에서 볼뤼크라의 변형들(불랭그라, 브르뤼가, 브롤뤼가, 보튀가, 보트뤼라, 브로뒤가, 브르토가, 뷔타가, 브를로가, 브르투이아, 보드뤼가 등)[2]도 그렇다.

　독서의 어떤 기술에는—텍스트 읽기뿐 아니라 그림 읽기, 도시 읽기도 마찬가지로—모로 읽기, 삐딱한 시선으로 읽기도 포함될 수 있다(하지만 앞서 바깥눈근육이 어떻게 "다른 방식으로 읽는" 법을 배울 수 있을까 같은 생리학적 차원의 독서는 제외하기로 한다).

　　목소리, 입술

100　입술을 움직이며 읽는 것은 교양 없는 일이라고 여겨진다. 우리는 큰 목소리로 읽으라는 말을 들으며 읽는 법을 배웠다. 그게 나쁜 습관이라는 말을 듣고 이를 잊어버려야 했던 것도, 분명 거기서 지나친 열의와 노력의 흔적이 느껴졌기 때문일 것이다.

　그래도 책을 읽을 때면 후두부 성대 주변의 반지피열연골과 반지방패연골 근육, 즉 성대聲帶와 성문聲門의 장근張筋과 수축근은 역시나 활발히 움직인다.

　독서란 입술을 움직여서 내는 표현 및 발성 작용과 떼려야 뗄 수 없는 상태에 있으니 말이다(웅얼거리거나 속삭이면서 읽어야 하는 텍스트가 있는가 하면 고함을 지르거나 힘주어 발음할 수밖에 없는 텍스트가 있듯이).

2. 내 생각에 앞선 내용을 명확하게 하고 범위를 확장하는 데 다음의 두 인용문이 딱 들어맞는 것 같다. 첫번째는 로저 프라이스(『객소리를 하는 두뇌』)의 경우다. (삭제된expurgé 책이나, 삭제되지 않은non expurgé 책과 혼동하지 않는다면) 정화purgé된 책이란 편집자가 연필로 외설적인 단어 몇 개를 연필로 '추가'한 책을 말한다." 두번째는 롤랑 바르트의 『영도의 글쓰기』 첫 부분이다. "에베르는 『페르 뒤셴』지紙를 시작할 때마다 '제기랄'과 '젠장'이라는 말을 쓰지 않는 경우가 없다. 이러한 저속한 말들은 아무것도 의미하지 않지만 주의를 환기시킨다."

손

읽는 데 곤란을 겪는 사람은 맹인만이 아니다. 손이 없는 사람 역시 그렇다. 페이지를 넘길 수 없으니 말이다.

손이 하는 일은 페이지를 넘기는 것뿐이다. 모든 책이 재단되어 나오는 게 일반화되면서 오늘날 독서에서 두 가지 큰 재미가 사라져 버렸다. 페이지를 자르는 데서 얻는 즐거움[내가 로렌스 스턴이었다면 소설의 한 장章 전체를 종이칼의 영광에 할애하여, 예전에 책을 살 때 서점 주인이 주던 빳빳한 종이로 만든 종이칼에서 시작해 대나무로 된 것, 반들반들한 돌로 된 것, 철로 된 것까지 오는 동안, 언월도偃月刀 모양으로 생긴 것(튀니지, 알제리, 모로코), 투우사의 칼 모양으로 생긴 것(스페인), 사무라이 칼 모양으로 생긴 것(일본)과 인조가죽으로 된 칼집에 꽂힌 끔찍하게 생긴 것들을 포함하여, 흔히 '사무용품'이라 부르는 비슷한 종류의 오만 가지 물건(가위, 만년필 집, 연필통, 만년 달력, 메모지, 압지가 내장된 책받침)과 함께 기록했을 것이다]. 그런데 훨씬 더 큰 즐거움은 페이지를 자르지 않고 책 읽기를 시작하는 것이다. 잘라야 할 페이지들이 다음과 같이 번갈아 이어지도록 접지되어 있었던 게 기억날 것이다(그리 먼 과거의 일도 아니지만). 여덟 페이지를 잘라야 하는데, 처음에는 윗부분을 자르고, 다음에는 옆면을 두 번 자른다. 첫 여덟 페이지는 종이칼을 쓰지 않고도 거의 다 읽을 수 있다. 다음 여덟 페이지의 경우 첫번째와 마지막 페이지는 확실히 읽을 수 있고, 책장을 들어올리면 네번째와 다섯번째 페이지를 읽을 수 있다. 하지만 딱 거기까지다. 과거의 텍스트에는, 놀라움을 위해 남겨두고 기다림을 불러일으켰던 공백이란 것이 있었다.

101

자세

독서하는 자세에 대한 이론은 환경 조건과 너무나도 분명히 관련되어 있어서(이 문제는 잠시 후에 다룰 것이다) 그 자체로는 검토가 불가능하다. 하지만 이는 매혹적인 연구이며, 몸의 사회학과 밀접한 연관이 있다. 어떤 사회학자나 인류학자도 이런 연구를 해볼 생각을 못 했다는 점은 참으로 놀라운 일이다(이 논문 서두에 밝혀놓았듯 마르셀 모스가 제안했던 기획안이 있기는 하다). 체계적인 연구가 전혀 없기에 개략적으로 열거해보는 수밖에 없다.

102   서서 읽기: 사전을 찾을 때 가장 좋은 방법이다.

앉아서 읽기: 그러나 앉는 방법도 수만 가지가 있다. 발을 땅에 붙이기, 발을 의자보다 높이 두기, 몸을 뒤로 젖히기(안락의자, 소파), 책상에 팔을 괴기 등.

누워 읽기: 등을 바닥에 대고 눕기, 배를 바닥에 대고 눕기. 옆으로 눕기 등.

무릎 꿇고 읽기: 그림책을 넘기며 읽는 아이들처럼. 이를테면 일본 사람들?

쪼그려 읽기: 마르셀 모스는 이렇게 말했다. "내가 보기에 쪼그린 자세는 아이에게만 국한되는 흥미로운 자세다. 아이에게 그 자세를 하지 못하도록 하는 것은 대단히 큰 잘못이다. 우리 사회를 제외하고는 모든 인류가 그 자세를 보존했다."

걸으며 읽기: 성무 일과서를 읽으며 헌금을 걷는 사제가 먼저 떠오른다. 하지만 손에 지도를 들고 외국의 도시를 산책하는, 혹은 가이드가 준 설명서를 읽으며 미술관 그림 앞을 지나는 여행자도 있다. 손에 책을 들고 큰 소리로 읽으며 들판을 걷는 사람도 있다. 그러나 이 자세는 점점 사라져가는 것 같다.

II. 주변

> "나는 언제나 독서를 즐기는 사람이었지. 다른 할 일이 전
> 혀 없을 때 나는 책을 읽었어." ─찰리 브라운

독서의 범주를 아주 거칠게 둘로 구분할 수 있다. (능동적이든 수동
적이든) 다른 일을 하면서 독서를 하는 경우가 하나고, 다른 일을 하
지 않고 책만 읽는 독서가 다른 하나다. 첫번째 독서는 치과에서 자
기 차례를 기다리며 잡지를 뒤적이는 신사에게 적합하겠고, 두번째
독서는 이가 편안해진 그 신사가 집에 돌아와서 모제스 후작이 쓴   103
『어느 중국 주재 대사의 기억』을 읽으려고 책상에 앉는 경우에 해
당할 것이다.

  그렇게 읽기 위해 읽는 일이, 독서가 어느 순간의 유일한 활동
이 되는 일이 생긴다. 하나의 예로 도서관 독서실에 앉아 책을 읽
는 독자가 있다. 경우에 따라 도서관은 독서만을 위해 마련된 특별
한 공간이며, 독서가 공동의 일거리가 되는 유일한 공간들 중 하나
다(읽는다는 것이 반드시 고독한 행위는 아니지만, 일반적으로 사
적인 행위이기는 하다. 두 사람이 머리를 맞대고 읽을 수도 있고, 다
른 샤람의 어깨너머로 읽을 수도 있다. 또는 다른 사람들을 위해 큰
소리로 다시 읽기도 한다. 그러나 동일한 것을 동시에 여러 사람이
읽는다는 생각에는 다소 놀라운 무언가가 있다. 클럽에서 『타임』지
를 읽는 신사들이나, 『마오쩌둥 어록』을 공부하는 중국 농민집단이
그 예다).

  다른 예는 몇 년 전에 프랑스 출판을 다룬 공동 연구의 일환으
로 『렉스프레스』지에 실렸던 사진 한 장이 특히 잘 보여주는 것 같
다. 모리스 나도가 안락의자에 깊이 파묻힌 채 그보다 더 높은 책 더
미에 둘러싸여 있는 사진이다.

혹은 다음날 구두시험에서 질문을 받을까봐 겁나서 자연사 챕터를 읽거나 읽으려고 애쓰는 아이를 예로 들어도 좋겠다.

어려움 없이 많은 사례를 들 수 있을 것이다. 나는 그 예들이 서로 연관되어 있다고 생각하는데, '읽기 위한 읽기'란 항상 학구적인 활동, 그러니까 공부나 직업 차원에 속한 어떤 것, 결국 필요의 차원에 속한 어떤 것과 연관되기 때문이다. 일과 일이 아닌 것을 구분하는 기준이 더욱 명확해져야 하며, 무엇보다, 만족스러울 만한 기준을 찾아 둘을 구분할 수 있어야 한다. 지금으로서는 그 차이를 다음과 같이 강조하는 것이 적절할 것 같다. 한쪽은 직업적이라 할 만한 독서로, 한 시간이나 하루를 고스란히 독서에만 몰두하는 경우다. 다른 한편으로는 여가로 하는 독서가 있는데, 이 경우에는 독서를 하면서 항상 다른 일을 함께 하게 된다.

사실 독서 방식 가운데 바로 이 점이 나를 제일 놀라게 했다. 독서가 여가 행위로 여겨진다는 점이 아니라, 일반적으로 독서 그 자체만으로는 존재할 수 없다는 점, 즉 독서에 다른 필요성이 추가되어야 하며, 다른 활동을 하다가 하게 되는 독서도 받아들여야 한다는 점이다. 말하자면 독서를 하면서 시간을 때운다거나, 남는 시간을 이용해서 읽는다는 생각이 같이 떠오른다는 말이다. 혹시 독서를 핑계로 이런 동반 활동을 하는 것은 아닐까? 어찌 알겠는가? 해변에서 책을 읽는 신사는 읽기 위해 해변에 있는 것일까, 해변에 있기 때문에 읽는 것일까? 트리스트럼 섄디의 부질없는 운명이 정말 그에게는 장딴지에 쏟아지는 햇빛보다 더 중요할까? 결국 독서 환경이 어떤지 묻는 것이 적절하지 않을까? 읽는다는 것이 어떤 책을 읽고, 기호를 해석하고, 행을 뭉텅이로 훑고, 페이지를 독파하고, 한 방향으로 가로지르는 것만은 아니다. 저자와 독자의 추상적인 소통, 관념과 귀표의 신비스러운 결합인 것만도 아니다. 그것은 동시에 지하철의 소음이거나, 기차 객차의 흔들림, 해변에 작열하는 태양의 열기와 약간 떨어져서 놀고 있는 아이들의 고함소리, 욕조에 담긴 더운물의 느낌, 잠들기를 기다리는 일이기도 하다……

예를 하나 들면, 이 의문의 의미가 내게 분명해질 것이고, 요컨대 이것이 전혀 쓸모없는 의문이라는 것이 납득될 것이다. 좋이 10년 전에 나는 조그만 식당에서 친구 몇 명과 저녁을 먹고 있었는데(전식, 야채를 곁들인 오늘의 요리, 치즈나 후식이 나왔다), 다른 테이블에서는 그때 이미 명성이 자자했던 철학자 한 명이 식사를 하고 있었다. 그는 혼자서 식사하며 박사 논문으로 보이는 등사된 텍스트를 읽고 있었다. 접시가 나오는 사이사이에, 한입씩 음식을 먹는 사이사이에도 읽었다. 이렇게 두 가지 일을 한꺼번에 해도 문제가 없을지, 어떻게 두 일이 뒤섞일 수 있을지, 단어의 맛은 어떻고 치즈의 의미는 어떨지, 나와 내 친구들은 궁금해했다. 한입에 개념 하나, 한입에 개념 하나…… 그게 목으로 넘어갈까? 소화는 어떻게 될까? 그러한 이중 양식糧食의 결과를 어떻게 설명하고, 묘사하고, 따져볼 수 있을까?

이어지는 목록은 독서 상황에 대한 유형학을 개략적으로 나타낸 것이다. 열거하면서 얻게 되는 즐거움뿐만 아니라, 오늘날 도시에서 이뤄지는 활동들을 전반적으로 기술해보는 것과 관련해 예고가 될 수도 있을 것 같다. 일상의 리듬으로 복잡하게 뒤얽힌 망 어디에든 사이시간이, 띄엄띄엄 짬나는 시간이, 그야말로 찾아온 독서의 시간대들이 있다. 시간의 명령으로 우리의 삶에서 추방되었지만, 알렉상드르 뒤마의 『삼총사』와 쥘 베른의 『그랜트 선장의 아이들』을 벗삼아 침대에서 뒹굴면서 목요일 오후시간을 보냈던 어린 시절이 기억나는 때가 있듯이, 독서는 성인이 된 우리 삶의 틈과 갈라진 부분 속에 은밀하게 스며들어오는 것이다.

105

사이시간

독서를 소비되는 시간에 따라 분류해볼 수도 있다. 제일 먼저 사이시간이 고려될 것이다. 우리는 미용실, 치과에서 기다리며 책을 읽는다(노심초사하는 바람에 독서는 건성이 된다). 영화관 앞에 줄을 선 채 프로그램을 읽고, 행정기관(사회보장과, 우편소액환 창구, 유실물센터 등)에서 번호가 불리기를 기다리며 읽는다.

경기장이나 오페라극장 문 앞에서 기다리는 줄이 길 거라는 걸 알게 되면, 이걸 미리 예상한 사람들은 간이 접이의자와 책 한 권을 갖고 간다.

106

몸

신체 기능에 따라 분류해볼 수도 있다.

양식: 먹으면서 읽기(앞의 언급을 보라). 아침을 먹으며 우편물 개봉하기, 신문 펼치기.

목욕: 많은 사람이 욕조에서 읽는 일을 굉장히 즐거운 일로 여긴다. 그렇지만 이것은 실제로 하는 것보다는 생각만 하는 쪽이 더 재미있다. 대부분의 욕조는 불편하다는 것이 드러나고, 어떤 특별한 장치—책 받침대, 물에 뜨는 방석, 수건, 접근이 용이한 수도꼭지—가 없거나 특별히 주의를 기울이지 않으면, 욕조에서 책을 읽는다는 건 말하자면 담배 피우는 일보다도 더 수월하지가 않다. '디자이너'들이 이런 일상생활의 자잘한 문제를 좀 제기해주면 좋겠다.

자연적 필요: 루이 14세는 구멍 뚫린 변기 의자에 앉아 접견을 하곤 했다. 그 시대에는 아주 흔한 일이었다. 우리 사회는 훨씬 더 점잖아졌다(루이스 부뉴엘의 영화 〈자유의 환영〉 참조). 그렇기는 해도 변소는 특별히 독서에 있어 선택된 장소로 남아 있다. 가벼워지는 배腹와 책 사이에 심오한 관계가 생긴다. 강력한 개방성, 확장된 수용성, 독서의 행복과 같은 어떤 것 말이다. 창자와 감각의 조우라

고나 할 수 있을 텐데, 내 생각에 제임스 조이스만큼 이 점을 훌륭히 말한 사람이 없다. "변기에 웅크리고 앉아 그는 주간지를 펼치고, 바지를 내려 맨무릎을 드러낸 위로 페이지를 넘겼다. 새롭고 술술 읽히는 것을. 급할 건 없지. 조금씩 계속하자. 단편소설 당선작: 『매첨의 탁월한 수완』. 런던, 극애호가 클럽의 필립 보프로이 작. 한 단段에 1기니씩 작가에게 지불되는 고료. 3단 반. 3파운드 3실링. 3파운드 13실링 6페니.

조용히 그는 읽어나갔다. 힘을 주면서 첫째 단을, 이내 굴복하고 버티면서 둘째 단을 읽었다. 반쯤 와서, 저항이 끝나자, 창자가 후련해졌다. 그는 내내 읽었다. 서두르지 않고. 어제 있었던 약간의 변비가 완전히 가셨다. 너무 크면 안 되는데. 치질이 재발할 수 있으니까. 아니, 됐다. 다 된 거야. 카스카라 사그라다 한 정이면 변비 끝. 인생도 이랬으면."(『율리시스』)

잠: 우리는 잠들기 전에 많이 읽고, 종종 잠들기 위해 읽으며, 그보다 빈번히 잠이 오지 않을 때 읽는다. 주말을 보내려고 방문한 집에서, 읽어보지 않았지만 읽고 싶었던 책들이나 익숙하지만 오랫동안 읽지 않았던 책들을 발견하는 것은 큰 즐거움이다. 그러면 열 권 정도 방으로 가져와 아침이 밝을 때까지 읽고 또 읽는다.

사회적 공간

일하면서 읽는 법은 없다. 물론 읽는 것이 일이 되는 경우는 빼고.

주부들은 공원에서 아이가 노는 것을 지켜보며 책을 읽는다.

한량들은 책방을 어슬렁거리거나 편집국 입구에 붙은 신문을 읽으러 간다.

카페 손님들은 테라스에서 아페리티프를 홀짝이며 석간신문을 읽는다.

교통수단

출퇴근길에 많이 읽는다. 교통수단에 따라 분류할 수도 있으리라. 승용차와 장거리 버스는 아무 가치가 없다(읽으면 두통이 생긴다). 버스는 비교적 낫지만 생각만큼 버스에서 책을 읽는 사람이 없다. 분명 거리 풍경을 내다보기 때문이리라.

책을 읽는 장소는 바로 지하철이다. 이는 하나의 규정이나 다름없다. 문화부 장관이나 대학 당국이 "신사분들, 이제 그만, 도서관 예산 요청은 이제 그만두시오. 민중의 진정한 도서관은 바로 지하철이오!"(여당 의석에서 우레 같은 갈채가 쏟아진다)라고 목소리를 높이지 않는 것이 놀랍기만 하다.

독서라는 관점에서 보면 지하철에는 두 가지 장점이 있다. 첫째, 지하철 여정에서 시간은 완벽하다시피 정해져 흐른다(한 역에 1분 30초가량). 그것이 독서를 분 단위로 계획하게 한다. 여정이 얼마나 되느냐에 따라 두 페이지, 다섯 페이지, 한 챕터를 꼬박 읽을 수 있다. 둘째, 여정이 하루에 두 번, 이렇게 일주일에 다섯 번씩 반복된다는 점이다. 월요일 아침에 읽기 시작한 책을 금요일 저녁에 끝낼 수 있다……

108

여행

여행중에 많이 읽는다. 여행을 위한—기차역 문학이라 불리는—특별한 장르도 있다. 특히 열차에서 많이 읽는다. 비행기에서는 잡지를 들추곤 한다. 배 여행은 점차 줄고 있다. 더욱이 독서라는 관점에서 볼 때 배는 긴 의자나 다름없다(아래를 보라).

기타

휴가 때 읽기. 휴가를 보내는 사람들의 독서. 온천 요양을 하는 사람들의 독서. 여행자들의 독서.

아파서 집에 누워 있을 때, 병원에 입원해 있을 때, 회복기에 있을 때 읽기.

기타 등등.

책이든, 신문이든, 팸플릿이든, 나는 이들 페이지 내내 무엇을 읽는지에 대해서는 관심을 두지 않았다. 다양한 장소에서, 다양한 시간에 읽는다는 사실에만 관심을 두었다. 텍스트는 무엇이 될까, 텍스트에서 남는 것은 무엇일까? 몽갈레 역과 자크-봉세르장 역 사이에 펼쳐진 소설은 어떻게 지각될까? 텍스트는 어떻게 그렇게 잘려지는가? 몸, 타인들, 시간, 공동의 삶에서 발생하는 요란한 소음이 어떻게 독서를 중단하는가? 이것들이 내가 던지는 문제들이며, 나는 작가가 이런 문제를 제기하는 것이 무의미한 일은 아니라고 생각한다.

109

이상 도시를 상상하는 데 있어
존재하는 난관에 대하여*

나는 아메리카Amérique에서 살고 싶지 않지만 간혹 그럴 때도 있다.　　　

나는 아름다운 별belle étoile에 살고 싶지 않지만 간혹 그럴 때도 있다.

나는 정말 5구cinquième**에 살고 싶지만 간혹 아닐 때도 있다.

나는 성탑donjon에서 살고 싶지 않지만 간혹 그럴 때도 있다.

나는 궁여지책expédient으로 살고 싶지 않지만 간혹 그럴 때도 있다.

나는 정말 프랑스France에서 살고 싶지만 간혹 아닐 때도 있다.

나는 정말 북극Grand Nord에서 살고 싶지만 너무 오랫동안은 아니다.

나는 작은 마을hameau에서 살고 싶지 않지만 간혹 그럴 때도 있다.

나는 이수됭Issoudun***에서 살고 싶지 않지만 간혹 그럴 때도 있다.

나는 정크선jonque에서 살고 싶지 않지만 간혹 그럴 때도 있다.

나는 북아프리카 요새ksar에서 살고 싶지 않지만 간혹 그럴 때도 있다.

나는 정말 달Lune에 가서 살고 싶었지만 좀 늦었다.

*이 글은 모두 26행으로 되어 있다. 문장들은 같은 패턴이지만 A부터 Z까지 알파벳 스물여섯 자를 이니셜로 한 서로 다른 장소를 넣어 만든 제약이 있는 글로, 이 제약이 한눈에 보이도록 해당 언어의 원어를 병기해두었다.

**파리의 5구를 가리킨다. 파리에서 가장 오래된 구역 가운데 하나로 '학문의 전당'이라 불린다.
***프랑스 중부 코뮌.

나는 수도원monastère에서 살고 싶지 않지만 간혹 그럴 때도 있다.

나는 '네그레스코Negresco'* 호텔에서 살고 싶지 않지만 간혹
　　그럴 때도 있다.

나는 동양Orient에서 살고 싶지 않지만 간혹 그럴 때도 있다.

나는 정말 파리Paris에서 살고 싶지만 간혹 아닐 때도 있다.

나는 퀘벡Québec에서 살고 싶지 않지만 간혹 그럴 때도 있다.

나는 암초récif 위에서 살고 싶지 않지만 간혹 그럴 때도 있다.

나는 잠수함sous-marin에서 살고 싶지 않지만 간혹 그럴 때도 있다.

나는 탑tour에서 살고 싶지 않지만 간혹 그럴 때도 있다.

나는 우르줄라 안드레스Ursula Andress와 살고 싶지 않지만 간혹
　　그럴 때도 있다.

나는 오래vieux 살고 싶지만 간혹 아닐 때도 있다.

나는 인디언 마을wigwam에서 살고 싶지 않지만 간혹 그럴 때도 있다.

나는 정말 도원경Xanadu에 살고 싶지만 늘 거기서 살고 싶지는 않다.

나는 욘Yonne에서 살고 싶지 않지만 간혹 그럴 때도 있다.

나는 우리 모두가 잔지바르Zanzibar에서 살기를 바라지 않지만 간혹
　　그럴 때도 있다.

*1913년 지어진 니스의 호텔로 우아하고
화려한 인테리어로 유명하며 6천여 점의 예술
작품이 호텔 곳곳에 걸려 있어 '갤러리 호텔'이라
불리기도 한다.

112

안경에 대한 고찰

안경을 일반적으로, 또 개인적으로 내 경우에 비추어 말하는 일의 어려움에 대하여. 우선 용기 내어 내 생각을 말해보자면, 안경에 대한 논의는 무미건조한데다 딱딱하기까지 한 주제이며, 그것으로 열정이며 흥분이 생겨날 리 만무하다. 세밀하게 가공된 볼록렌즈의 출현으로 인류는 거인의 한 발을 떼었고 이로 인해 눈이 잘 보이지 않았던 사람들이 더 잘 볼 수 있거나 그럭저럭 괜찮게 볼 수 있게 되었다고 말한다면, 그게 전부 혹은 거의 전부일 것이다. 교황 레옹 10세에서 고야, 장 시메옹 샤르댕에서 시어도어 루스벨트, 툴루즈 로트레크에서 구스타프 말러, 에밀 리트레에서 해럴드 로이드에 이르기까지, 안경을 쓰지 않았다면 아마 실제 그들의 얼굴과 전혀 달랐을 사람들의 운명을 가벼운 필치로 그려보는 일이 남기는 하겠지만.

더군다나 이 두번째 점이 물론 첫번째 점보다 더 중요한데, 내가 맞닥뜨린 이 주제와 관련해 나는 이것이 내 능력 밖의 일인데다 궁색하며 딱히 방법도 없음을 인정할 수밖에 없다는 것이다. 지금껏 천리안까지는 아니더라도 쓸 만한 시력의 혜택을 누렸기에 사실 나는 한 번도 실제로 안경을 써본 일이 없고, 그러므로 해당 주제에 대한 경험이 극히 제한되어 있어 할말이 전혀 없다. 수많은 사상가와 철학자가 적어도 처음에는 자신이 전혀 몰랐던 주제로 훌륭한 논고를 써내곤 한 것은 틀림없는 사실이다. 그러나 어찌되었든 한 번도 안경을 맞춰 써본 일이 없는 사람더러 안경에 대한 논문을 쓰라고 하는 일은 한 번도 중국에 가본 적이 없는 사람더러 중국에 대해 말해보라고 하거나, 버스 운전기사더러 3륜 자전거나 F1 자동차 경주의 쌩쌩이 같은 자동차들에 대해 어떻게 생각하는지 물어보거나, 채식주의자더러 등심을 앞에 두고 제식을 올리라는 것과 마찬가지일 수 있다. 마지막 예는 채식주의자가 붉은 고기에 끔찍한 공포를 느낄 수도 있으니 잘못 선택되었다고 볼 수도 있겠다. 나는 개인적으로 안경에 대해 반감이 전혀 없으니 말이다.

114   ✔ 반면 이런 주제를 논할 때 내가 느끼는 평온함에 대하여. 이미 다 나왔던 이야기들이긴 하지만, 나는 호의에 기반을 두고 중립을 지키면서 위로의 마음을 담아 이어지는 고찰을 독자에게 제시해볼까 한다. 안경 착용자라면 전부 자기 이야기와 관련지어, 전혀 도움이 되지 않는 여담이나 주제를 벗어난 설명을 늘어놓으면서 흥분하고 헤매다가 길을 잃고는, 자신의 각막이나 수정체가 적절하지 못하게 휘어진 시점으로 거슬러올라가 모든 악과 행복의 근원을 찾다가, 결국 마지막에는 안경을 어디에 던져두었는지 생각나지 않게 되고 말 것이다. 반면 나로 말하자면 평온한 눈으로, 감정과 편견에 사로잡히는 일 없이 사물을 볼 수 있다. 공감도, 직업의식도 배제하지 않는 명철한 초연함으로 근시의 문제를 검토하고, 원시의 경우까지 연구할 채비가 되어 있는 것이다.

  ✔ 안경에 대한 내 경험에 대하여. 이미 말한 바와 같이, 그리고 다시 말할 기회가 있겠지만, 안경을 쓰지 않음에도 나는 시력 교정용이 아닌 시력 보호 및 향상을 목적으로 한 것이나, 심지어는 시력과는 아무 관련 없이 그저 놀이를 위한 여러 안경을 집에 가지고 있다. 이 경우에 해당하는 것으로는 1) 시력의 보호를 위한 것으로 A) 내게 전혀 어울리지 않고 내 것도 아닌, 얼추 생선 비늘을 닮은 아주 커

다랗고 둥근 모양의 프랑스제 선글라스, B) 고무테, 머리에 착용할 수 있는 고무줄 끈, 두 개의 착탈식 버튼으로 테에 고정할 수 있고 교체 역시 가능한 주황빛 도는 노란 운모판으로 구성된 스키 안경. 지금은 잃어버린 서로 다른 색조를 띤 두 개의 판으로 되었고, 설원의 광채와 하늘의 광도를 고려해서 만들어진 것으로, 5년 전에 이틀 사용했고 틀림없이 더는 쓸 일이 없을 것이다. 서랍을 열어보다가 정말 우연이다시피 손에 넣었다. 2) 시력 향상을 위한 것으로 A) 검은색 철 소재로 되어 있으며, 배율은 평범하지만 사용이 편리하고 사물을 멀리도 가까이도 볼 수 있는 극장용 쌍안경. 나는 이를 몇 년 전에 파리 오페라극장에서 〈라 보엠〉(내 생각이 틀리지 않는다면 루치아노 파바로티와 미렐라 프레니의 공연이었다)이 있었을 때 빌렸는데 지금까지도 잊어버리고 원래 주인에게 돌려주지 않았다. B) 돋보기 세 개. 하나는 보석상이 쓰는 외알 돋보기이고, 하나는 검은색 플라스틱 소재의 비스듬한 손잡이가 달린 네모반듯한 돋보기이고, 다른 하나는 원뿔 모양으로 섬세하게 가공된 두 개의 뿔 나팔이 달린 손잡이가 있고 영국제 금속으로 장식된 둥글고 큼지막한 돋보기이다. 나는 이 세번째 돋보기를 정말 좋아해서, 어떤 그림을 가능한 한 가장 미세한 부분까지 묘사하는 데 바친 소설(『어느 미술애호가의 방』)의 표지에다 이를 넣기도 했다(대체로 나는 돋보기를 정말 좋아한다. 네번째 돋보기도 있었는데 구리인지 놋쇠인지로 만든 확대경이었다. 불행히도 이 돋보기는 어디 놔뒀는지 모르겠다). 3) 마지막으로 놀이를 위한 것으로, 사람들을 깜짝 놀라게 만들 목적의 장난감 안경이 이에 해당한다. 이 안경의 '렌즈'는 특수 종이에 우스꽝스럽게 그려진 눈이다. 이 종이에 대해서는 복굴절 이야기를 하는 것이 적절하지 않을까 싶은데, 특별한 성질을 갖고 있어서 고개를 끄덕이는 정도에 따라 반쯤 감긴 눈이나, 약간 청록색을 띠면서 심한 사팔뜨기에 불룩하게 돌출된 커다란 눈이 나타난다. 안경을

115

쓴 사람은 두 개의 작은 구멍을 통해 마주보는 사람이 놀라 몸서리 치는 모습을 보게 된다.

🔖 내가 안경을 쓰면 일어나는 일에 대하여. 임시적인 경우, 다시 말하자면 실험적인 것으로, 진짜 안경도 하나 있다. 내 친구 하나는 큰 것, 작은 것, 타원형으로 된 것, 네모난 것, 둥근 것, 투명한 것, 색이 들어간 것, 다리인지 알인지가 빠진 것 등 좋이 열 개는 되는 안경을 가지고 있는데, 그에게 하나를 빌렸다. 나는 그 안경을 써보면서 가설 하나를 증명하려 했다. 안과의라면 말도 안 되는 가설이라고 단칼에 물리치겠지만 나한테는 그게 직관적으로 그럴싸해 보였다. 내가 안경을 쓸 때 보는 것은 실제로 안경을 써야 하는 사람이 안경을 쓰지 않을 때 보는 것과 동일하다는 가설이다. 내가 제대로 깨달은 것인지는 알 수 없지만, 어쨌든 그 효과는 충격적이었고 괄목할 만한 것이었다. 그 경험은 2~3분도 채 이어지지 못했고 곧바로 끔찍한 두통이 찾아왔다. 하지만 그 짧은 순간 나에게는 아주 놀라운 인상들이 단계적으로 이어졌다. 아주 가까운 곳의 사물을 바라볼 때(예를 들면 지금 몇 줄 쓰면서 종이 위 몇 센티미터까지 몸을 숙일 때) 처음에는 훨씬 더 잘 보이는 것 같은데, 물론 평상시와 다른 입체감으로, 예전에 입체경이라고 불리던 재미난 과학 기구를 가지고 경험한 것과 약간 비슷한 느낌이었다. 그러다 행여 고개를 들고 천천히 주위를 바라보기라도 하면 전부 윤곽이 사라져 흐릿해지고 살짝 희미해지는 것이다. 사물 주변은 뒤틀리고, 부피는 납작해지고, 세부는 흐릿해지고, 머리를 아주 조금만 움직여도 내가 보고 있는 것이 내 움직임을 따라 이동하는 느낌이 들어서 공간이 불안정해지는데, 말하자면 아주 약간이지만 점액질이라도 된 것 같았다. 하지만 불행히도 몸을 일으켜 두 발을 바라보고 몇 걸음 떼는 순간, 앞을 보지 못하는 사람들의 모든 불행이 고스란히 내게 고통스럽게 나타나는 것 같았다. 나와 발 사이의 거리가 너무 멀어서 두 발이 어떻게 나를 거

느리고 내 뜻대로 움직이는 것인지 의아할 정도였다. 바닥이 요동을 치고 벽이 앞뒤로 흔들렸다. 이는 내 생각에 (영화 〈우비를 입은 남자〉가 아니라면 〈공공의 적 제1편〉에 나왔다고 여겨지는) 페르낭델이 느꼈음직한 것에 가까웠다. 완전히 근시였던 페르낭델은 잠에서 깨어나 침대에서 화장실 선반까지 화살표로 지시된 널따란 검은 띠를 더듬거리면서 따라간다. 정리를 잘하는 사람이었던 그가 전날 밤 화장실 선반에 안경을 놔둔 것이다. 이는 내가 좋아하는, 개연성 없는 개그의 대표적인 예다. 상식적으로라면 그저 안경을 침대맡 탁자 서랍 속에 넣어 두지 않았을까. 혹은 레몽 크노의 소설 『내 친구 피에로』에 나오는 피에로가 생각나기도 하는데, 페르시아 의상을 입은 근시안의 그 주인공은 회교도 승려 크루이아베의 조수로, 고된 적응 기간이 끝나갈 무렵 회교도 승려가 양심적으로 그에게 내밀었던 모자에 꽂는 기다란 장식핀들로 무얼 한 건지 분명히 알아차리게 되는데, 그때 그가 느꼈을 법한 느낌과도 유사한 것이다.

117

◢ 안경이 없었던 시대의 세계사에 대하여. 고전 회화에는 읽거나 글을 쓰는 개인들을 그려놓은 무수한 사례가 있다. 예를 들어, 여기 두서없이 인용해보자면, 뮌헨 미술관 소장 안토넬로 다메시나가 그린 마리아의 수태고지, 브뤼셀 왕립 보자르 미술관 소장 루벤스가 그린 파라셀수스의 초상화, 역시 같은 곳 소장 판 오를레이가 그린 의사 조르주 드 젤의 초상화, 안트베르펜 플랑탱-모레투스 박물관 소장 루벤스가 그린 크리스토프 플랑탱의 초상화, 바젤과 로마에 있는, 각각 한스 홀바인 2세와 크벤틴 마시스가 그린 로테르담의 에라스뮈스의 초상화 두 점이다. 또 런던에 있는 판 데르 베이던이 그린 성뿔 이브의 초상화, 로테르담에 있는 제라르 두가 그린 렘브란트 모친의 초상화, 베네치아에 있는 로렌초 로토가 그린 한 신사의 초상화, 루브르에 있는 장 라우가 그린 편지를 읽는 젊은 처녀의 초상화, 브뤼셀에 있는 엑상프로방스의 수태고지 전문 장인이 그린 선지

자 예레미야의 초상화, 국립 초상화박물관 소장 찰스 저버스가 그린 조너선 스위프트의 초상화, 내셔널갤러리 소장 안토넬로 다메시나가 그린 연구실에 있는 성 히에로니무스의 초상화, 베네치아의 조르조 델리 스키아보니 학교 소장 카르파초가 그린 성 아우구스티누스의 초상화 등이다. 대개 초상화로 그려진 개인들은 고개를 들고 하늘이나 구석을 바라보는 모습이다. 한편 계속해서 읽고 있는 초상화 속 인물들을 바라보는 일은 흥미롭다. 선지자 예레미야는 시력이 아주 양호했던 것 같다. 마찬가지로 장 라우의 젊은 처녀도 읽을 때 광원 쪽으로 과장해서 몸을 숙여야 했지만 시력이 괜찮아 보인다. 성 이브는 상당한 근시였고, 렘브란트의 어머니는 완전한 근시였다. 성 히에로니무스는 실제로 노안이었다.

안경이 없을 땐 어떻게 했을까? 일상생활에서 쓰이는 수만 가지 다른 사물(지우개, 가위, 저울, 손목시계, 나침반, 자석, 매트리스, 다리미, 문고리, 바퀴, 톱, 칫솔, 국수 등 주지하다시피 이는 마르코 폴로가 1295년에 중국에서 가져온 것들이다)에도 이런 질문을 던져볼 수 있지만, 그 대답은 그저 알아서 했겠지, 혹은 별 수 없이 살았겠지 정도일 것이다. 즉 그들은 눈을 끔벅이고, 두세 번 바라보고, 접시에 코를 박은 채 수프를 먹었던 것이다. 그들은 아마 조팝나무 차를 마셨을 것이다. 이 식물은 매의 시력을 강화시켜주었기 때문에 매나물이라는 별명이 붙었다. 그러나 이도 결코 확실한 건 아니다.

안경의 발명에 대하여. 안경을 발명한 사람은 A) 중국인들(확실하다) B) 아라비아 물리학자 이븐 알하이삼 알하젠(아부 알리 무하마드 이븐 알하산, 알하첸이라고도 불렸다), 965년 현 이라크 바스라에서 태어나 1039년 현 이집트 카이로에서 죽은 프톨레마이오스 세쿤두스라는 이름으로 알려진 알하젠 C) 존경스러운 박사라는 별명을 가졌고 공기펌프와 화약의 발명자이자, 달력 개혁 프로젝트를 세웠던 로저 베이컨(1214~1294) D) 피렌체의 과학자 살비노 델리 아르마티(1245~1317) 등으로 알려져 있다. 델리 아르마티는 빛의 힘과 굴절에 대한 업적을 남겼는데 이 때문에 젊어서부터 눈이 굉장히 나빠졌다. 이 시력 장애를 고치려고 연구하다가 1280년경, 렌즈 두께와 볼록면이 어느 정도에 이르면 사물을 크게 보이게 해주는 렌즈 두 개를 찾아냈다. 그러므로 그가 안경의 발명자인 셈인데, 정작 그는 이 비밀을 알리지 않으려고 했다(왜 그랬을까 궁금하다). 그러나 그의 친구였던 피사 산타카테리나 교회의 도미니크회 수사 알레산드로 델라 스피나가 이 비밀을 누설해버렸다(드조브리와 바슐레, 『전기傳記 사전』) E) 알레산드로 델라 스피나(위의 언급을 보라) F) 나폴리의 잠바티스타 델라 포르타(1535?~1615)도 안경 발명가로 알려져 있다. 포르타는 나중에 카메라오브스쿠라를 발명하고 열네 편의 희극, 두 편의 비극과 한 편의 희비극을 쓴다.

119

✌ 이들을 다 합치면 굉장히 많은 수가 된다. 그래도 나는 이 문제를 아주 단순화해보았다. 볼록거울(노안을 가진 사람을 위한 것)은 오목거울(근시를 가진 사람을 위한 것)보다 훨씬 전에 발명되었기 때문이다.

✌ 예전에 있었던 다양한 종류의 안경에 대하여. 두 알 안경만 있는 것은 아니며, 그랬던 적도 없다. 외알박이 안경, 코안경, 손 안경, 외눈 안경, 두 눈 안경, 안경다리 없이 코에 올리는 안경, 색안경도 있었다. 이렇게 되면 갈피를 잡기 어렵다. 알의 수, 알의 본성, 안경다리의 유무와 같은 세 가지 기준을 고려해 다음과 같이 체계적으로 분류해보고자 한다.

1.1   알 하나, 다리 없음. 외눈 안경.
1.2   알 하나, 다리 있음. 단안 안경(드문 경우).
2.1   알 두 개, 다리 없음.

2.1.1 손으로 고정하기: 손 안경.

2.1.2 코에 걸치기: 외알박이 안경, 안경다리 없이 코에 올리는 안경, 코안경(이 세 용어는 동의어일 수 있지만 라리브와 플뢰리의 『말과 사물의 사전』 제2권 417쪽을 보면 코안경에 대해서만 보통의 코안경, 일본 코안경, 갈퀴 달린 코안경, 좌우로 벌어지는 코안경으로 구분한다. 여기에 교정용 코안경과 맞춤식 코안경을 추가할 수 있다).

2.2 알 두 개, 다리 있음.

2.2.1 교정 렌즈가 있는 경우. 고유한 의미의 안경, 혹은 안경다리 없이 코에 올리는 안경(사실 안경다리의 종류는 여러 가지이다. 관자놀이에 부착하는 다리도 있고, 양 갈래로 난 다리도 있다. 그러나 이렇게 되면 너무 멀리 나아가게 될 것이다).

2.2.2 색안경은 간혹 검게 코팅된 렌즈를 사용하기도 하는데, 이는 노안용 안경으로 이름을 말하기가 꺼려진다.

사정들이 이처럼 더욱 분명해졌기를 바란다.

◤ 오늘날의 안경에 대하여. 손 안경, 코안경, 외눈 안경, 두 눈 안경, 안경다리 없이 코에 올리는 안경, 색안경은 이제 19세기 말에서 제일차세계대전 전까지를 이르는 벨에포크를 다룬 영화의 액세서리로나 쓰일 뿐이다. 반대로 오늘날에는 특수 안경이 굉장히 많다. 도로 보수 인부나 쇄석 인부의 안경(알이 들어가는 자리에 금속을 대단히 가느다랗게 짜서 끼운 철망 스크린), 기계공의 안경, 용접공의 안경(어쨌든 광고 쇼트에 등장한 이 안경은 이브 몽탕이 주연을 맡은 코스타 가브라스 감독의 영화 『고백』에서 진정한 스타였다), 모터사이클 안경, 스키 안경, 잠수용 안경, 산악용 안경 등이 있으며, 다양한 종류의 선글라스도 빼놓아서는 안 되겠다.

◤ 안경테에 대하여. 안경테는 두 개의 림과, 하나의 아치형 브리지

120

또는 일자형 브리지, 그리고 두 개의 다리로 구성되어 있다. 아치형 브리지 형태는 코의 모양에 따라 여러 가지가 있다. 19세기 말에는 이렇게 구분했다.

—납작한 코에는 X형 브리지

—볼록한 코에는 K형 브리지

—과도하게 돌출한 코에는 C형 브리지

이런 정보는 둘도 없이 귀한 라리브와 플뢰리의 사전에서 가져 온 것이다. 가장 좋은 테는 철로 된 것으로, 변형에 대한 내구성이 뛰어나기 때문이라고 이 사전은 명시하고 있다. 금과 은은 사치품에만 사용되고, 물소 가죽이나 바다거북 껍질은 시간이 지남에 따라 색이 더러워지고 보기 싫어진다는 언급도 있다.

121

✒ 안경을 쓰는 삶에 대하여. 어느 날 이 작은 이동식 보철물로 시력의 결함과 감퇴를 교정하지 않을 수 없게 되었을 때, 그러한 시력의 문제를 몸짓으로, 습관으로, 코드로 변화시키는 방식에 대해서라면 할말이 많을 것이다. 어느 날 안경을 쓰고 있는 자기 모습을 보게 된다. 일련의 몸짓에 익숙해지게 되고, 그것이 일상생활의 한 부분으로 자리잡으며, 말하는 방식, 수건을 개는 방식, 신문을 읽는 방식만큼이나 뚜렷해지게 되었다. 안경을 코 위에 어떻게 얹는지, 어떻게 벗는지, 어떻게 정리하는지, 어떻게 닦는지, 어떻게 조정하는지, 하루에도 수십 번씩 행하는 이런 몸짓에 대해 말해야 할 것이다. 간단히 말해서 마르셀 모스가 몸의 테크닉이라고 정의하고 이에 대해 초안을 잡았던(『사회학과 인류학』, 파리: PUF, 1950, 363쪽 이하) 작업을 안경을 주제로 삼아 해봐야 할 것이다. 우리가 먹고, 자고, 씻고, 도구를 사용하고(예를 들어 1914년의 전쟁에서 영국 병사들은 프랑스 야전삽을 수령했으나 이를 전혀 사용할 줄 몰라서, 결국 감독관은 프랑스 야전삽 8천 개를 영국 야전삽 8천 개로 교체하지 않으면 안 되었다. 이 반대도 마찬가지여서 매번 이들 중 한 나라의 사

단이 전장에 나갈 때면 상대편 사단과 교대로 나갔다고 한다), 걷고, 춤추고, 뜀뛰는 등의 방식을 기술하고 비교해야 한다.

불행히도 시간이 없어서 이런 연구가 효과적이고 타당함을 밝히기 위한 충분한 정보를 모을 수 없었다. 적어도 며칠은 안경을 착용한 친구와 함께 지내면서 그가 한 모든 일을 꼼꼼히 기록해야 했을 것이다. 여기서 내가 제시할 수 있는 것은 고작해야 다들 알고 있는 몇몇 기본적인 기록뿐이다.

용도의 특수성: 안경을 하루종일 쓰는 사람이 있는가 하면, 운전을 하거나 책을 읽을 때 아주 필요한 경우에만 쓰는 사람도 있다. 내 친구 한 명은 베네치아에서 체류하는 동안, 성당을 찾아다니다가 가이드북 글씨가 깨알같이 작아서 읽을 수 없다는 점을 알아차리고는 반달형 안경을 한 벌 맞췄는데, 눈을 내리깔면 렌즈로 책을 읽을 수 있고 눈을 치켜뜨면 그림을 볼 수 있었다고 한다.

안경의 자리: 사용하지 않을 때도 늘 안경을 몸에 지니는 사람들이 있다. 이마에 혹은 머리에 얹기도 한다. 분명 늘 안경을 잃어버리면 어쩌나 걱정하는 사람들도 있다. 그들은 안경을 줄에 묶어 목에 건다. 또 안경을 적절한 케이스에 넣어 정성껏 보관하는 사람들도 있다. 안경 두 벌이 필요한 사람들도 있는데, 하나는 먼 곳을 보기 위한 것, 다른 하나는 가까운 곳을 보기 위한 것으로, 이들은 허구한 날 안경을 바꾸어 쓰는 데 시간을 버린다. 어떤 사람들은 항상 안경을 어디에 두었는지 잊어버려서 "내 안경 어디 갔지?" 하고 소리를 지르며 온 집안을 돌아다닌다. 이밖에도 안경을 옷장 서랍이나 세면대 선반, 텔레비전 수상기 옆 같은 자리에 늘 엄격하게 정리해두는 사람들도 있을 것이다.

안경 닦기: 이 문제에 대해서 나는 아는 바가 거의 없다. 안경 한 벌을 구입할 때 혹은 가끔 안경테만을 구입할 때 몇몇 안경사들이 무료로 제공하는 특별한 천이 있는 것으로 안다. 하지만 많은 사람

은 안경을 닦아야 할 때 손수건, '크리넥스' 화장지, 냅킨, 식탁보 귀
퉁이 등과 같이 손에 집히는 것을 이용하는 것 같다.

　안경으로 하는 몸짓: 안경이 착용자에게 엄격한 인상을 부여한
다고 생각하기 때문에 어떤 사람들은 호의를 표현할 때 안경을 벗는
다. 나는 영국의 농업 착취나 알프레드 도즈 장군의 다호메이 왕국
식민지화에 대해 말해야 한다는 생각에 새파랗게 얼어 있는 수험생
들을 달래주려고 그렇게 했던 시험관을 본 적이 있다. 안경을 이마
에 문지르거나 안경테를 물어뜯는 행동이 집중해서 깊이 생각한다
는 표시라는 듯 말이다.

123

　유행에 대하여. 일상생활의 사물이나 액세서리에 유명 디자이
너의 명성 자자한 서명이 붙으면 대부분 눈에 확 띄어 독특해지고
가치가 높아진다. 이러한 서명을 브랜드라고 한다.

　만년필, 라이터, 손가방, 여행 가방, 열쇠고리, 구두, 장갑, 담배
케이스, 넥타이, 손목시계, 커프스단추만큼은 아니지만, 안경도 사
치스러운 포장이 불가피해졌다. 무슨 목적으로 그러는지 그야말로
내겐 어렴풋하기만 하지만.

　광고에 대하여. 과거의 안경 광고에서는 렌즈의 우수성을 자랑
했다. 안경은 더 잘 보기 위해 만들어진 것이니까. 파리의 파시 거리
에 있는 안경점 유리창에 여러 해 동안 붙어 있던 광고용 4행시의 마
지막 세 행이 떠오른다. 그림에는 미소 짓는 노부인이 나오는데, 내
용은 이렇다.

　이마의 주름마다 고랑이 새겨졌다.
　그러나 두 눈에는 나이의 흔적이 없으니
　HORIZON 안경의 STIGMAL 렌즈 덕이지!*

*모두 브랜드 이름으로, 전자는 '수평선, 조망'
등의 뜻이 있고, 후자는 '성흔, 상흔, 낙인'을
뜻하는 stigma에서 파생한 영어의 형용사격으로
여기서는 부정적 의미보다는 좀더 종교적인
의미를 부각시킨 유희적 광고 문구다.

시력검사 때 사용하는 멋진 모자를 쓴 여인의 얼굴이 등장하는 광고도 기억난다(또 음울한 기억이기는 하지만 나치 독일 점령 당시, 몇몇 자음 때문에 그렇게 들릴지라도 자기 이름은 유대인 이름과는 전혀 관계가 없다고 명시했던 유명 안경사의 슬로건도 떠오른다).

오늘날 패션계와 시장에서 말하는바, 안경의 기능은 더 잘 보기 위한 것이라기보다 착용하기 위한 것이다. 그래서 광고는 특히 안경 테 이야기를 주로 한다. 일부러 말장난을 하는 광고도 있다. 예를 들면 "가격을 말해보세요. 그래야 보여드리지요"라든지, "나머지 반은 눈眼의 몫"(전문 안경사들이 부르는 이름으로 '아웃사이더' 매장에서 반값에 파는 안경테 이야기다) 같은 것이 있다.

124

✔ 언어에 대하여. 시각적인 언어가 더없이 풍부하기는 하지만[파란색만 보다(영문을 모르다), 녹색만 보고 붉은색은 못 보다(충격적인 장면을 목격하다), 빨갛게 보이다(격노하다), 장밋빛 인생을 보다(낙관적으로 보다), 온통 까맣게 보이다(비관적으로 보다), 사기로 만든 개 인형의 눈으로 보다(말없이 노려보다), 진짜 자기의 빛으로 보다(자기 관점으로 보다), 터널 끝을 보다(시련이 끝나가다), 서른여섯 개의 양초를 보다(눈에서 불이 나도록 얻어맞다), 구멍 앞에서 못 보다(시력이 나쁘다), 커다란 나막신을 신고 보러 오다(의도가 뻔하다), 눈을 부드럽게 뜨다(다정하게 바라보다), 눈을 크게 하다(눈을 부릅뜨다) 등이 있다], 안경에 관한 은유, 표현, 속담은 없다시피 하고, 게다가 있더라도 실제로 쓰이지 않게 되어버렸다. 아직도 '아주 큰 코'를 가리켜 "안경을 올려놓을 코"라고 하는가?* "안경을 더 잘 쓰다"(르나르) 혹은 "안경을 더 잘 착용하다"(세비녜 부인)라는 표현은 "더욱 주의를 기울이다"라는 뜻이었지만 아직도 이런 표현들을 쓰는 것 같지는 않다. 생시몽은 "자신을 준엄하게 바라보다"라는 의미로 "안경을 쓰다"라는 표현을 한 번 사

---

*17세기 프랑스 문학가 뱅상 부아튀르의 표현.

용한 적이 있다. 몰리에르가 쓴 "그녀는 안경 쓴 사람들을 좋아하죠"
라는 표현도 "그녀는 지식인만 좋아한다"는 뜻이었다. 그러나 이런
이미지들은 대중적이지 않은 것이 되어버렸다. "제 눈에 안경"(각
자 자신의 관점으로 보다)이나 "안녕 안경들아, 안녕 여인들이여"
(모리스 라샤트르는 이를 "안경 쓸 나이가 되면 사랑을 포기해야 한
다"로 번역했다) 등의 속담들은 내가 이런 표현을 찾아낸 옛날 사전
과 연감에서나 발견할 수 있는 것이다.

✍ 결론을 대신하여. 앞으로 절대 하지 않으리라 생각되는 일들이
있다. 달로 여행을 간다거나, 심해 여행을 한다거나, 중국어나 색소
폰, 에르고드 이론을 배울 일은 없을 것이다. 가끔 그런 일들을 해보
고 싶기는 하지만 말이다. 또한 언젠가 현역 장교가 된다거나, 칠레
의 발파라이소에서 일하는 하역 일꾼, 혹은 대형 은행의 대리인, 담
뱃가게 주인, 농장 경영자, 프랑스의 대통령이 될 일도 없을 것이다.

반면 프랑스인 세 명 중 한 명이 그렇듯, 언젠가는 나도 안경을
쓰게 되리라는 점은 확실하다. 수정체 모양을 조절하는 섬모체근이
점차 탄력을 잃게 되면 눈은 조절 능력을 상실할 것이다. 마흔다섯
살 이상 성인들에게 그런 일이 일어난다고 한다. 반년만 있으면 나
도 마흔다섯이다……*

125

*페렉은 1982년 3월 3일 파리 근교 이브리
병원에서 (마흔여섯번째 생일을 나흘 앞둔)
마흔다섯에 기관지암으로 눈감아, 유언에 따라
화장 후 파리 페르라셰즈 묘지에 묻힌다. 이 글은
죽기 2년 전 1980년에 발표한 글이다.

D) 목차

A) 방법

물론 이 작업을 구상해나가면서 나는 단계마다—수첩이나 종잇장
에 휘갈겨 적어둔 메모, 베껴둔 인용문, '아이디어,' 다음을 보라는
기호, 참조기호 등—소문자 b, 대문자 I, 셋째, 제2부 등과 같은 소소
한 것들을 무수히 쌓아올렸다. 그다음으로 이들 기본 요소를 짜맞춰
야 했을 때는(이 '논문'이 막연한 기획에 그치지 않도록, 계속해서
덜 바쁜 내일로 미뤄지지 않도록, 그 요소들을 제대로 짜맞춰야 했
다), 이 요소들로 치밀하게 담화를 구성해내기란 요원하리라는 점
이 금세 드러났다.

　　이는 내게 떠오른 이미지나 관념들—처음에는 차례로 하나씩

혹은 둘씩 짝을 지어 영롱하고도 전도유망한 모습으로 나타날 수 있었을지라도—과 약간 비슷한데, 말 다섯 개를 배열할 능력도 없는 시시한 오목놀이꾼이 바둑판에 늘어놓게 될 말패(혹은 십자표)로 아직 까맣게 되기 이전의 내 종이들인 상상 공간에 단번에 그것들을 놓아버린 상황과 거의 같다.

　이처럼 논증이 결여된 것은 내가 게으르기 때문만은 아니(며 내가 오목놀이를 잘 못하기 때문도 아니)다. 그것은 여기 내게 제시된 주제 안에서, 포착까지는 아니더라도 파악 정도는 해보려 했던 것과 밀접히 연관되어 있다. '생각하기/분류하기?'로 촉발된 물음이, 생각할 수 있는 것과 분류할 수 있는 것을 문제삼았다는 듯 말이다. 어떤 점에서 내 생각이라는 것이 조각나고 이리저리 분산되어야지만 성찰이 가능하고, 생각을 통해 질서를 부여하고자 했던 파편화된 그 생각으로 끊임없이 되돌아가야만 성찰이 가능한 식으로 말이다.

128

　그리하여 모습을 드러낸 그것은 죄다 흐릿한 것, 흐트러진 것, 달아나버리는 것, 미완성으로 남은 것 쪽에 있었으니, 결국 나는 이 자신 없고 난처한 성격을 지닌 비정형의 편린들을 일부러라도 그대로 남겨주자는 쪽을 택했다. 시작과 중간과 끝을 갖춘 논문의 외양(그리고 유혹)을 응당 가질 수도 있었을 무언가로서 그 편린을 억지로 짜맞춰나가지 않기로 한 것이다.

　어쩌면 질문을 던지기도 전에 이미 내가 받은 질문에 답해야 하는 것이 바로 이것일 것이다. 거기에 답변할 필요가 없으려면 그 질문을 던지지 말아야 할 것이다. 이는 '변명'이라 불리는 오래된 수사학을 이용하는 것이자 남용하는 것이리라. 변명이라는 것은 문제를 맞닥뜨려 해결하려 하지 않고, 정도의 차이는 있지만 무능력을 가장하여 매번 뒤로 숨어 다른 질문들을 던짐으로써만 그 질문에 답하는 것일 뿐이니까.

　이는 또한 단지 답이 없는 것과 마찬가지인 질문을 가리키는 것이리라. 다시 말하면 생각으로써 그 생각이 기초로 삼는 생각되지 않는 것을, 분류로써 그 분류가 악착스레 감추는 분류될 수 없는 것(셀 수 없는 것, 말로 할 수 없는 것)을 가리키는 일이리라……

N) 질문들

생각하기/분류하기

이 둘을 가르는 빗금의 의미는 무엇인가?

내게 묻는 것이 정확히 무엇인가? 내가 분류하기 전에 생각하는지 묻는 것인가, 생각하기 전에 분류하는지 묻는 것인가? 분류하려 할 때 나는 어떤 식으로 생각하는가?

129

S) 어휘 연습

목록화하다cataloguer, 분류하다classer, 분류법을 만들다classifier, 잘라서 나누다découper, 열거하다énumérer, 무리를 지어 나누다grouper, 서열을 정하다hiérarchiser, 리스트를 만들다lister, 번호를 매기다numéroter, 기준에 따라 편성하다ordonnancer, 순서를 바로잡다ordonner, 정리하다ranger, 무리를 다시 짓다regrouper, 나누어 배치하다répartir 등의 동사를 어떤 방식으로 분류할 수 있을까?

여기서는 알파벳 순서로 정렬했다.

이 동사들이 전부 동의어일 수는 없다. 한 가지 행위를 기술하는 데 왜 열네 개의 단어가 필요했을까? 그러므로 이 동사들은 전부 다르다. 그런데 이 동사들은 어떤 식으로 구분되는가? 어떤 동사들은 동일한 행위를 지시하면서 서로 모순된다. 예를 들어 잘라서 나누다découper라는 동사에는 전체를 구분되는 요소로 나누어 배치한다répartir는 생각이 들어 있고, 무리를 다시 짓다regrouper라는 동사에는 구분되는 요소들을 전체로 한데 모아본다는 생각이 들어 있다.

새로운 동사를 제시해주는 것도 있어서(예: 더 세분화하다sub-diviser, 분배하다distribuer, 판별하다discriminer, 특징짓다caractériser, 표시하다marquer, 정의하다définir, 구분하다distinguer, 맞세우다opposer 등) 이를 통해 우리는 가까스로 읽어낼 수 있는 것(우리가 정신활동을 통해 읽고, 파악하고, 이해 가능한 것)이라고 부를 만한 최초의 말더듬이 단계를 참조해본다.

U) 퍼즐 같은 세상

"식물은 나무, 꽃, 채소로 구분된다."

―스티븐 리콕

세상 전체를 단 하나의 코드에 따라 배열하고자 정말이지 애들을 쓴다. 그렇게 하면 단 하나의 보편 법칙이 북반구와 남반구, 다섯 개의 대륙, 남성과 여성, 동물과 식물, 단수와 복수, 오른쪽과 왼쪽, 사계절, 오감, 여섯 개의 모음, 일곱 날, 열두 달, 알파벳 스물여섯 자와 같은 현상들 전체에 작용하게 될 것이다.

불행하게도 이런 식으로는 되지 않는다. 이전에도 그랬던 적이 없으며, 앞으로도 영원히 그럴 것이다.

그래도 사람들은 손가락 개수가 홀수인지, 뿔의 속이 비었는지에 따라 오랫동안 계속해서 이런저런 동물의 목록을 만들어나갈 것이다.

R) 유토피아

유토피아치고 따분하지 않은 것이란 없다. 우연, 차이, '다양성'에 마련된 자리가 그곳에는 없기 때문이다. 모든 것이 질서정연하며, 질서의 통제를 받는다.

어떤 유토피아든 그 이면에는 항상 엄청난 분류의 의도가 숨어
있다. 모든 것에 제자리가 있고 각각이 그 자리를 지키고 있다는 것
이다.

E) 해저 2만 리
콩세유는 물고기를 '분류classer'할 줄 안다.
네드랜드는 물고기를 '사냥chasser'할 줄 안다.
콩세유는 네드랜드가 조사하는 물고기를 체계적으로 목록화한다.*

L) 이성과 생각   131
그렇다면, 이성과 생각(두 철학 잡지의 제목이었다는 사실을 제외
한다면)의 관계는 무엇인가? 사전을 들춰보아도 답변에는 도움이
안 된다. 예를 들어 『프티 로베르 사전』에는 생각=의식에 작용하는
모든 것, 이성=생각하는 능력이라는 정의가 있다. 내 생각에 이성과
생각이라는 말에 어울릴 수 있는 형용사가 무엇인지 연구하면 이 두
용어의 관계 혹은 차이가 더욱 쉽게 드러날 것 같다. 생각은 감동적
이고, 심오하고, 진부하고, 자유로울 수 있다. 이성도 심오할 수 있지
만 사회적이고, 순진무결하며, 지극하고, 역전적이며, 국가 혹은 최
강자의 것일 수 있다.

I) 이누이트
누군가 확인해주었는데 이누이트에게는 얼음을 가리키는 '총칭적'
명사가 없다. 여러 개의 단어가 있어서(정확히 몇 개인지 잊었지만
굉장히 많아서 열두 개쯤 되는 것 같다) 완전한 액체 상태의 물에서
부터 응결된 정도에 따라 나타나는 다양한 양상을 정확히 가리킨다.
　프랑스어에서 비슷한 예를 찾기란 분명 어려운 일이다. 이누이
트 말에는 이글루와 이글루 사이의 공간을 나타내는 말이 하나밖에

*질 베르느의 소설에 나오는 인물들로, 콩세유는 해양학자 아로낙스 박사의 하인으로 바다생물을 기막히게 종속에 따라 분류하며, 네드랜드는 노틸러스호와 네모 선장의 구속에서 벗어나 육지(랜드)를 꿈꾸는 캐나다 출신의 작살잡이 명수로 나온다.

없겠지만 프랑스어에는 적어도 일곱 개가 있고(거리rue, 대로avenue, 가boulevard, 광장place, 산책로cours, 막힌 길impasse, 골목길venelle), 영어에는 줄잡아 스무 개가 있다(로路street, 대로avenue, 초승달 모양 광장crescent, 광장place, 도로road, 줄지어 늘어선 길row, 좁은 길lane, 뒷골목mews, 가든gardens, 테라스terrace, 야드yard, 스퀘어square, 원형광장cir-cus, 그로브grove, 막다른 골목court, 마을 공유 녹지greens, 하우스houses, 산길gate, 부지ground, 길way, 드라이브웨이drive, 보도walk). 그러나 프랑스어에는 이들 모두를 포함하는 명사가 하나 있다(예를 들어 '도로artère'). 마찬가지로 제빵사에게 설탕을 녹이는 일에 대해 물으면, 어느 정도나 녹여야 하는지(실絲 모양인지, 금이 갔는지, 둥그렇게 말렸는지* 등) 정확히 말해줘야 알아들을 수 있게 설명할 수 있다는 대답이 바로 나올 것이다. 결국 제빵사에게는 '설탕 녹이기'라는 개념이 확고히 세워져 있는 것이다.

G) 만국박람회

1900년 만국박람회 때 전시품은 열여덟 그룹에 121종으로 나뉘었다. 박람회 운영위원장이었던 피카르 씨는 "전시품은 반드시 관람객이 논리적 질서에 따라 볼 수 있어야 하고, 분류는 단순하고 명료하고 정확한 개념에 따라야 하고, 분류의 철학과 증거를 그 자체로 갖춰야 하며, 근본 사상이 쉽게 드러나야 한다"라고 썼다.

피카르 씨가 작성한 프로그램을 읽어보면 무엇보다도 그 근본 사상이라는 것이 짧은 생각임을 알 수 있다.

진부한 메타포이긴 하지만 "바로 이곳을 거쳐 인간이 '태어난다'"라는 말을 생각해보면, 제일 먼저 나와야 하는 것은 교육과 학습이다. 예술작품은 그다음이다. 그에 걸맞은 '영예의 서열'을 보존해야 하기 때문이다. '같은 차례에 배치할 이유들'이 있기에 '문학과 예술의 보편적인 도구와 방법'이 세번째 자리를 차지한다. 왜 그런지

*당도의 여러 단계를 이르는 표현으로, 중간의 금 간 상태가 시럽 당도 1단계이고, 전자가 그보다 당도가 낮고, 후자는 그보다 높다.

는 정말 모르겠지만 의학과 외과학(정신질환자의 구속복, 불구자의 침대, 목발과 나무다리, 군의관의 가방, 적십자의 응급처치 용품, 물에 빠진 사람과 질식한 사람을 위한 응급 도구, 보니에와 뷔르네 병원의 고무 제품 등)은 열여섯번째로 분류된다.

네번째 그룹에서 열네번째 그룹의 범주들은 정확히 어떤 체계로 이어지는지 전혀 알 수가 없다. 4, 5, 6그룹(기계공학, 전기, 토목공학 및 교통수단)과 7, 8, 9그룹(농업, 원예업-수목업, 삼림-사냥-낚시)의 순서가 어떻게 정해졌는지까지는 납득할 수 있지만 그다음부터는 정말이지 두서없이 이어진다.

10그룹: 식품

11그룹: 광산과 야금

12그룹: 공공건물 및 주거건물의 장식과 가구

13그룹: 실絲, 직물, 의복

14그룹: 화학산업

15그룹은, 그래야 했겠지만 '기타 산업'으로 앞의 열네 개 그룹에 들어가지 못한 것이 여기에 다 들어갔다(제지업, 칼 제조업, 금은 세공업, 보석 세공업, 보석 제조업, 시계 제조업, 청동과 주조와 철공예, 돋을무늬 압착 세공업, 양조, 피혁 제조, 세공 제조, 광주리 제조업, 고무 및 열대나무 추출 고무, 잡화공업).

16그룹(위생과 빈민구제 사업으로 확장된 사회경제)이 포함된 것은 그것(사회경제)이 "다양한 예술, 농업, 산업 생산물이 뻗어간 다음에 '자연적으로'(내가 강조하는 부분) 등장해야 했기 때문이며, 혹은 사회경제 분야가 철학과 함께 그 결과물(이기 때문)이다."

17그룹은 '식민지화'에 관한 것이다. (1889년 박람회와 비교하여) 새로 추가된 그룹으로, "문명화된 민족이라면 식민지 팽창의 필요를 절감하기 때문에 이 그룹을 새로 만들 이유는 충분했다."

마지막 그룹은 아주 단순하게 육군과 해군에 할당되었다.

133

이들 그룹과 범주 안에서 전시품들을 분배해놓은 것을 보면 깜짝 놀랄 일이 얼마나 많은지, 세세하게 따지는 것도 불가능할 지경이다.

T) 알파벳

나는 여러 번 우리가 쓰는 알파벳 모음 여섯 개와 자음 스무 개가 어떤 논리에 따라 분배된 것인지 생각해보곤 했다. 왜 A가 제일 먼저 나오고, 그다음에 B, C 등으로 이어지는가?

어쨌든 모두 확실히 대답하기란 불가능하므로 우선 뭔가 마음 놓이는 구석이 있긴 하다. 알파벳 순서란 자의적이고, 아무것도 의미하지 않으며, 그러므로 중립적이다. 객관적으로 A가 B보다 더 가치 있는 것은 아니며, ABC라는 표현은 우등 표시가 아니라 그저 시작을 표시하는 기호(직무로서의 ABC)일 뿐이다.

그러나 순서란 게 분명히 있어서, 계열의 구성요소들이 은밀히 차지하는 위치에 따라 질적質的 계수가 즉각 그리고 다소간 작동하게 되는 것이다. 그래서 'B급 영화'는 우리가 심지어 'A급'이라고 부를 생각도 해보지 않았던 영화보다 '덜 좋은 것'처럼 간주되고, 담배 제조업자가 담뱃갑에 'A급'이라고 새기는 것도 자기 담배가 다른 담배보다 질이 좋다는 점을 알리고자 함이다.

알파벳에는 질을 나타내는 코드가 없다시피 하다. 다음과 같은 세 요소뿐이라고 해야 할 것이다.

A＝훌륭한
B＝덜 좋은
Z＝무가치한('Z급' 영화)

하지만 하나의 코드쯤은 있기 마련이고, 소극적 정의에 따라 정해진 서열 체계가 통째로 어떤 부류와 겹치기도 한다.

아주 다른 이유이긴 하지만 우리가 다루는 주제와 아주 가까우

므로, 많은 기업이 회사 이름을 정할 때 'AAA' 'ABC' 'AAAC' 등과 같은 대문자 이니셜을 얻기 위해 노력한다는 점에 주목해보자. 그렇게 하면 연감이나 직업 전화번호부에서 앞자리를 차지할 수 있다.

반대로 고등학생이라면 이름 이니셜이 알파벳 순서의 중간쯤에 있는 것이 제법 도움이 된다. 질문을 받지 않을 가능성이 조금 더 많기 때문이다.

C) 분류법

분류법이야 무궁무진하다. 국제 십진분류법(C.D.U.) 지수에 눈이 갈 때마다 그런 걸 느낀다. 기적이라 할 만한 일이 일어나, 전 세계에서 실제로 통용되는 다음과 같은 합의가 이루어졌으니 말이다.

668. 184. 2.099

이것은 세숫비누의 마무리 공정을 가리키고

629. 1.018-465

이것은 보건위생 차량의 표지판이며

621. 3.027. 23

621. 436 : 382

616. 24-002. 5-084

796. 54

913. 15

등의 지수는 각각 50볼트 미만의 전압, 디젤 모터 수출입업자, 결핵 예방법, 캠핑, 중국과 일본의 옛 지지地誌를 가리키는 것이다!

O) 서열

옷에는 속옷, 겉옷, 덧옷이 있지만 여기에는 서열의 의미가 없다. 부장, 차장, 말단 직원, 부하 직원은 있어도 상上부장, 초超부장이라는 말은 없다. 내가 전에 찾아냈던 '총감'의 예가 하나 있지만 이는 옛날식 명칭이다. 이보다 의미 있는 것으로 군청 조직의 군수가 있는데, 군수 위에는 도지사가 있지만 도지사 위에 상도지사나 초도지사가 있지는 않다. 대신 여러 단어에서 머리글자를 따서 만든 특별행정총감IGAMES이라는 야만스러워 보이는 말은 있다. 필경 이 말은 고관을 나타내기 위해 선택되었을 것이다.

가끔이기는 하지만 상급 직원의 명칭이 바뀌어도 말단 직원은 말단 직원 그대로 남는 경우가 있다. 실제로 사서 조직에는 이제 사서가 없고, 대신 관리인이라고 한다. 이들은 급이나 장으로 분류된다(2등 관리인, 1등 관리인, 특급 관리인, 관리장). 반대로 낮은 직급에서는 말단 사서라는 명칭을 계속 사용한다.

P) 나는 어떻게 분류하는가

분류하는 데 있어 나의 어려움은, 분류한 것이 오래가지 않는다는 점이다. 정리를 끝내자마자 벌써 낡은 순서가 되고 마니까.

다들 그렇듯이, 나도 가끔 정리벽에 사로잡힐 때가 있다. 정리할 것은 너무 많고 정말 만족스러운 기준을 정해서 배치하기가 하늘의 별 따기이므로, 한 번도 끝까지 가보지 못한 채 언 발에 오줌 누기식으로 뚜렷한 기준 없이 정리하는 것으로 그칠 뿐이다. 그래봐야 순서 없이 뒤죽박죽이었던 처음보다 조금 더 효과가 있을까 말까다.

그 결과 정말이지 이상한 범주들이 생겨난다. 예를 들면 종이가 뒤죽박죽 한가득 들어 있는 서류 파일인데 표지에는 '분류할 것'이라고 적어놓았다거나, '긴급 1'이라는 라벨이 붙은 서랍인데 아무것도 들어 있지 않다거나('긴급 2' 라벨이 붙은 서랍에는 오래된 사진 몇 장이 들어 있고, '긴급 3' 라벨이 붙은 서랍에는 안 쓴 공책이 몇 권 들어 있다) 하는 식이다.

요컨대 부닥쳐서 그럭저럭 해나가는 셈이다.

F) 보르헤스와 중국인들

"A) 황제에게 속한 동물, B) 향료로 방부 처리된 동물 C) 사육동물,
D) 젖먹이 새끼 돼지 E) 인어 F) 전설의 동물 G) 주인 없이 떠도는
개 H) 현재의 분류법에 속한 동물 I) 미친놈처럼 구는 동물 J) 무
수히 많은 동물 K) 가느다란 낙타털 붓으로 그린 동물 L) 기타 등
등 M) 방금 항아리를 깨뜨린 동물 N) 멀리서 볼 때 파리처럼 보이
는 동물"

　　미셸 푸코 덕분에 이 동물 '분류법'이 대중적인 인기를 끌었다.
이는 호르헤 루이스 보르헤스의 『설문조사 *Enquêtes*』에서 프란츠 쿤
박사라는 사람이 손에 넣을 뻔했던 어떤 중국 백과사전에 실린 분
류법이다. 별의별 것이 다 끼어드는데다, 알려져 있다시피 아리송한
지식에 탐닉하는 보르헤스의 취향 때문에 좀 지나치다 싶을 정도로
경악스럽게 뒤섞여 있는 점이 미학적 효과는 아닌지 우선 생각하게
된다. 그래서 행정 서류에서 뗄 건 떼보고 아주 공식적인 부분만 남
긴다 해도, 춤추며 빙빙 돌듯 맴도는 한가로운 산책*과도 같은 기나
긴 목록이 충분히 만들어지고도 남는다.

　　A) 내기에 거는 동물 B) 4월 1일부터 9월 15일까지 사냥이 금
지된 동물 C) 해변으로 밀려 올라온 고래들 D) 검역을 통과한 후에
야 프랑스 영토로 들어올 수 있는 동물 E) 공동소유의 동물 F) 박제
된 동물 G) 기타 등등[1] H) 문둥병을 옮길 위험이 있는 동물 I) 맹
인견 J) 상당한 유산을 상속받은 동물 K) 객차로 옮길 수 있는 동물
L) 목줄 없는 유기견 M) 당나귀 N) 새끼를 밴 것으로 보이는 암말.

137

---

1. 여기서 '기타 등등'은 그 자체로는 놀라울 것이 전혀 없다. 다만 이 말이 목록 중간에 놓
였다는 점이 호기심을 자아낸다.

*rondeflanesque. '순환, 원무圓舞, 온음표'
등을 뜻하는 'ronde'와 '한가로이 산책하다,
거닐다' 등을 의미하는 'flâner'에 형용사어미
'~esque'를 붙여 만든 조어.

H) 세이 쇼나곤

세이 쇼나곤[2]은 분류하는 법이 없다. 그녀는 목록을 만들고 또 만든다. 주제 하나가 목록을 부르며, 목록은 단순한 언급이 되기도 하고 일화가 되기도 한다. 좀더 나아가면 거의 동일한 어떤 주제가 다른 목록을 만들어내고 그 이후도 마찬가지다. 그렇게 해서 재편성할 수 있는 여러 계열이 생기는데, 예를 들어 감동적인 '일들'(가슴이 뛰는 일, 평소보다 더 큰 감정으로 들리는 일, 마음을 깊이 움직이는 일)이 있고, 또는 불쾌한 '일들'의 계열로

> 슬픈 일
> 고약한 일
> 공교로운 일
> 거북한 일
> 고통스러운 일
> 불안으로 가득찬 일
> 비통해 보이는 일
> 불쾌한 일
> 보기에 불쾌한 일이 있는데,

하루종일 짖는 개, 사산아 분만실, 불 없는 화로, 제 황소를 싫어하는 몰이꾼은 슬픈 일이고, 무언가 들으려는 찰나 울어대는 아기, 모였다가 엇갈려 날면서 깍깍거리는 까마귀 떼, 상승조로 한참 동안이나 함께 짖어대는 개들은 고약한 일이고, 밤마다 울어대는 아기를 돌보는 유모는 비통해 보이는 일이고, 안쪽 커튼이 더러운 고위층 가마는 보기에 불쾌한 일이다.

138

2. 세이 쇼나곤, 『마쿠라노소시』, 파리: 갈리마르, 동양지식총서, 1966.

Ⅴ) 말할 수 없는 분류의 기쁨

열거할 때는 항상 모순되는 두 가지 유혹에 빠진다. 첫번째는 '하나도 빠짐없이' 집계하고자 하는 것이고, 두번째는 결국 무언가는 잊고자 하는 것이다. 첫번째는 문제를 단호히 종결짓고자 하며, 두번째는 열린 채로 놓아두고자 한다. 내가 보기에 하나도 빠짐없이 모으는 것과 미완으로 남기는 것 사이에서, 열거는 생각에 앞서 (그리고 분류에 앞서) 명명하고 통합해야 할 필요의 흔적 자체가 아닐까 한다. 그 필요가 없다면 세상('삶')은 우리에게 지표 없이 남게 되리라. 다른 것들도 조금씩 비슷한 면이 있다. 이런 것을 계열에 따라 모을 수 있고, 계열 안에서 서로 구분할 수 있을 것이다.

139

어떤 목록에도 들어갈 수 없을 만큼 유일무이한 것은 세상에 없다는 생각에는 흥미로우면서도 동시에 소름끼치는 무언가가 있다. 모든 것은 집계가 가능하다. 타소의 판본들, 대서양 연안에 있는 섬들, 배梨 타르트에 필요한 재료들, 중요한 기념물, 복수형일 때 여성이 되는 남성명사들(사랑amours, 환희délices, 오르간orgues), 윔블던 테니스 경기 결승전에 오른 선수들, 혹은 여기 임의로 열 개씩 제한한 것들.

1) 브뤼*에서 사돈 형제의 성

볼뤼크라Bolucra

뷜로크라Bulocra

브를뤼가Brelugat

브롤뤼가Brolugat

보튀가Botugat

보드뤼가Bodruga

브로뒤가Broduga

브르토가Bretoga

뷔타가Butaga

브레타가Brétaga

*프랑스 동부 로렌 지방의 코뮌.

2) 팔레조* 인근의 특별한 명칭이 붙은 곳

레 글래즈 Les Glaises

르 프레풀랭 Le Pré-Poulin

라 포소프레트르 La Fosse-aux-Prêtres

레 트루아자르팡 Les Trois-Arpents

레 종슈레트 Les Joncherettes

레 클로 Les Clos

르 파르크다르드네 Le Parc-d'Ardenay

라 조르주리 La Georgerie

140   레 사블롱 Les Sablons

레 플랑트 Les Plantes

3) 자카리 맥칼텍스 씨**를 고통스럽게 하는 것

장미 7만 2천 송이로 만든 향수를 맡을 때의 현기증

통조림통에 발 베이기

사나운 고양이에게 반쯤 뜯기기

알코올의존증 후기에 나타나는 유사 기억상실

참을 수 없이 쏟아지는 잠

트럭에 깔릴 뻔한 일

식사했던 걸 토하기

다섯 달의 다래끼

불면

탈모증

M) 기록의 책

앞에 제시된 목록은 차례대로 배열된 것이 아니고, 알파벳순을 따른
것도, 연대기순을 따른 것도, 논리적 순서를 따른 것도 아니다. 불행
히도 오늘날 대부분의 목록은 인기 순위표가 되었다. 상위권만이 존

*파리 남서부에 위치한 코뮌.   **페렉이 번역한, 최초의 미국인 울리포 작가
              해리 매튜스의 『오드라데크 경기장의 붕괴』
              (1981)에 나오는 한 쌍의 연인 중 남자 주인공.

재할 뿐이다. 책, 음반, 영화, 텔레비전 방송은 박스오피스(히트 퍼레이드)에서 몇 위에 올랐는가만 중시한 지 이미 오래다. 최근 『독서』지誌조차 '생각의 순위를 결정'해놓았다. 오늘날 가장 큰 영향력을 행사한 지식인이 누구였는지를 투표로 결정한 것이다.

여러 기록을 집계하기보다는 (우리가 다루는 주제와 관련해서) 좀더 기이한 영역에서 이루어진 기록을 찾아보는 편이 좋겠다.

데이비드 몬드 씨는 미니어처 술병을 6506개 갖고 있다. 로베르트 카우프만 씨는 7495종의 담배를 모았다. 로널드 로즈 씨는 샴페인 뚜껑을 31미터까지 쌓아올린 기록이 있다. 이자오 치치야 씨는 한 시간에 233명의 수염을 깎았고 월터 카바나 씨는 1003장의 사용 가능한 신용카드를 갖고 있다.

141

X) 낮음bassesse과 열등함infériorité
센 강과 샤랑트 강이 어떤 콤플렉스를 갖고 있기에 '하류'가 아닌 '연안'이고자 했을까?* 마찬가지로 '저지대' 피레네산맥은 '대서양 연안'이고자 했고, '저지대' 알프스산맥은 '고지대 프로방스'이고자 했으며, 루아르 강 '하류'는 '대서양 연안'이고자 했다.** 이와는 반대로, 나로서는 그 이유를 이해할 수 없지만 라인 강 '저지대'가 '고지대'***와 붙어 있다고 늘 기분 나빠 했던 건 아니다.

마찬가지로 마른, 사부아, 비엔 지역이 오트마른, 오트사부아, 오트비엔 주 때문에 굴욕감을 가진 적은 없었음을 지적해야 할 것이다. 이는 분류법과 서열을 정하는 데 특정 표지가 있고 없음이 담당하는 역할에 대해 분명 무언가를 말해준다.

---

*프랑스어 'bas(sesse), haut(e), inférieur(e)' 등은 한국어와 마찬가지로 지형이나 방위의 고저뿐만 아니라 서열이나 지위의 높낮이를 가리킬 때도 쓴다. 센, 샤랑트, 루아르, 마른, 비엔 등 강을 중심으로 위에 있는지 아래에 있는지에 따라 이름을 붙인 옛 주departement의 호칭이 이런 다중의 뜻에 기인한 차이로 현재 새로 바뀐 걸 두고 언어유희로 문제삼고 있다. 즉 센앵페리외르Seine-Inférieure 주는 현재 센마리팀Seine-Maritime으로 바뀌었고, 샤랑트 강 인근 주도 마찬가지다.

**프랑스혁명 때 지어졌다가 1969년까지 불린 바스피레네Basses-Pyrénées는 피레네아틀란티크 Pyrénées-Atlantiques로 바뀌었다. 바스알프스 Basses-Alpes는 알프스드오트프로방스Alpes-de-Haute-Provence로 바뀌었고, 루아르앵페리외르 Loire-Inférieure는 루아르아틀란티크Loire-Atlantique로 바뀌었다.
***바랭Bas-Rhin과 오랭Haut-Rhin을 각각 가리킨다.

Q) 사전

나에게는 세상에서 가장 신기한 사전 중 하나가 있다. 제목은 『인명 요람 혹은 태고부터 현재까지 위인들의 간략한 역사 사전』이다. 1825년판으로, 편집자는 바로 유명한 '요람Manuels' 시리즈를 낸 사전편찬자 니콜라 로레다.

이 사전은 2부 구성에 총 588페이지에 이른다. 처음부터 288페이지까지는 첫 다섯 알파벳에 할당되어 있고, 2부(300페이지)는 나머지 스물하나의 알파벳에 할당되어 있다. 첫 다섯 개 각각의 평균은 58페이지이고, 나머지 스물한 개의 평균은 고작해야 14페이지이다. 나는 문자의 사용 빈도가 결코 똑같지 않음을 잘 알고 있지만(20세기 라루스 사전은 A, B, C, D까지만 해도 여섯 권 중 두 권을 차지한다) 이 사전의 할당 방식은 정말이지 균형이 전혀 맞지 않는다. 예를 들어 랄란느의 『인명 총람』(파리: 뒤보클리에 출판사, 1844)과 비교해보자면, 알파벳 C의 분량이 세 배 더 많고, A와 E의 분량이 두 배 더 많지만, 알파벳 M, R, S, T, V의 분량은 두 배 가까이 적다는 점을 알 수 있다.

이러한 불공평한 분배 방식이 설명에 어떤 영향을 주는지 면밀히 살펴보는 것도 흥미로운 일일 것이다. 설명이 줄었는가? 그랬다면 어떤 방식으로? 설명을 빼먹었는가? 그랬다면 어떤 것이 빠졌고, 그 이유는 무엇인가? 예를 들면 콘스탄티노플(현 이스탄불)에 있는 성소피아대성당을 (일부) 지었다고 알려진 6세기 건축가 안테미우스에 대한 설명은 서른한 줄에 달하지만, 기원전 1세기 로마의 건축가 비트루비우스에 대한 설명은 여섯 줄뿐이다. 헨리 8세의 두번째 왕비로 나중에 엘리자베스 여왕의 어머니가 되는 앤 드 불렌 혹은 불린에 대한 설명은 서른한 줄이지만, 정작 헨리 8세에 대한 설명은 고작 열아홉 줄뿐이다.

B) 장 타르디외

1960년대에 영화 카메라 렌즈의 초점거리를 연속적으로 다양하게 변화시킬 수 있는 장치가 발명되었다. 그 덕에 실제로 카메라를 움직이지 않고도 (아주 조잡한 것이긴 해도) 움직임의 효과를 낼 수 있게 되었다. 이 장치는 '줌'이라는 이름을 얻었는데, 이에 해당하는 동사는 '줌을 하다zoomer'였다. 비록 사전에는 등재되지 않았지만* 영화 업계에서는 대단히 빠르게 정착되었다.

　사정이 항상 동일한 것은 아니다. 예를 들면 자동차는 대부분 페달이 세 개 있고, 각각을 위한 특별한 동사가 있다. 가속하다accélérer, 클러치를 분리하다débrayer, 제동하다freiner. 그러나 (내가 아는 한) 변속기어 레버에 해당하는 동사는 없어서, '변속을 행하다changer de vitesse' '3단으로 바꾸다passer en troisième' 등으로 말해야 한다. 마찬가지로 구두끈lacet에는 동사(구두끈을 매다lacer)가 있고, 단추buton에도 동사(단추를 채우다boutonner)가 있지만, 지퍼**라는 말에는 동사가 없다. 반면 미국에서는 동사(지퍼를 채우다to zip)를 만들어 쓴다.

　미국인들은 '교외에 거주하고 도시에서 일하다'라는 뜻을 가진 동사to commute도 쓴다. 그렇지만 "비 오는 날, 저녁 여섯시경, 부르고뉴 출신 친구와 되마고 카페***에서 백포도주를 한잔하면서 전혀 뜻 없는 이야기를 나누고 있는데, 옛날 화학 선생을 만나고 당신 옆자리 젊은 여자가 같이 앉은 여자에게 '나 때문에 그 사람 고생이란 고생은 다 했지, 알잖니!'라고 말하는 것을 듣게 되다"(장 타르디외, 「사소한 문제들과 실제 작업」『다른 말로 바꿀 수 있는 말』, 파리: NRF, 1951)는 뜻의 동사는 미국에도 프랑스에도 없다.

143

---

*페렉이 이 글을 쓸 당시는 1980년대 초반이었는데, 현재 이 단어는 사전에 등록되어 있다.

**지퍼를 가리키는 한 단어가 없어, 프랑스어로는 '홈을 따라 미끄러지며 잠그는 기구fermeture à glissière' 또는 '번쩍하고 닫는 장치fermeture éclair'라고 표기한다.
***파리 6구 생제르맹데프레 소재의 유명한 카페.

J) 나는 어떻게 생각하는가

내가 생각할 때 나는 어떻게 생각하는가? 내가 생각하지 않을 때 나는 어떻게 생각하는가? 이 순간에조차 내가 생각할 때 어떻게 생각하는지를 생각할 때 나는 어떻게 생각하는가?

예를 들어 '생각하기/분류하기'라는 말을 들으면, 나는 '생각하기/뒈지기'나 '분별 있는 주둥이' 혹은 '제자리에 놓일 때'가 떠오른다.* 이것을 '생각하다'라고 부를 수 있을까?

144

내가 무한소나 클레오파트라의 코, 그뤼에르 치즈에 난 구멍이나 모리스 르블랑 및 조 슈스터에 나타난 니체의 영향을 생각하는 일은 거의 없다. 그건 괴발개발 끼적인 것, 메모, 상투어구의 논리를 훨씬 넘어선다.

하지만 어찌되었든 어떻게 나는 이 작업(「생각하기/분류하기」)에 대해 '생각하면서'(성찰하면서?) 오목놀이, 스티븐 리콕, 쥘 베른, 이누이트, 1900년의 박람회, 런던의 길 이름들, 특별행정총감, 세이 쇼나곤, 『인생의 일요일』, 안테미우스, 비트루비우스를 '생각하게' 되었을까? 이에 대한 대답은 명확할 때도 있고 아주 모호할 때도 있다. 암중모색, 직감, 의혹, 우연, 우연한 만남이거나 고의적인 만남이거나 우연을 가장한 고의적인 만남에 대해 말해야 하리라.

말들 속의 우여곡절. 나는 생각하지 않지만 할말을 찾는다. 수많은 말들의 더미에서 이 동요를, 주저를, 차후에 '무언가를 뜻하게 될' 마음의 동요를 뚜렷이 드러내줄 말 하나가 틀림없이 있을 것이다.

이는 또 무엇보다 몽타주, 왜곡, 과장, 우회, 거울에 관련된 것이며,

공식에 대한 일이기도 하다. 이에 대해서는 이어지는 문단이 증명할 것이다.

*'분류하기'라는 뜻의 프랑스어 classer와 '뒈지다'라는 뜻의 clamser가 비슷한 철자로 구성된 동사이기 때문에 쉽게 연상되며, '분별 있는 주둥이clapet sensé'에도 classer와 발음이 같은 cla[pet sen]sé가 포함되어 있다. '제자리에 놓일 때Quand c'est placé'에도 [p]lacé에 [c]lasser와 같은 발음이 들어 있다.

K) 아포리즘

마르셀 베나부(『아포리즘에는 다른 아포리즘을 숨길 수 있다』, 울리포 총서, 13호, 1980)는 아포리즘을 만들 수 있는 기계를 하나 구상했다. 이 기계는 문법과 어휘의 두 부분으로 구성되었다.

　문법에서는 대부분의 아포리즘에서 공통적으로 쓰이는 일정 수의 공식을 전부 모은다. 예를 들면,

　A는 B에서 C로 가는 가장 짧은 길이다.

　다른 수단으로서 A는 B의 연속이다.

　약간의 A는 B와 멀고, 많은 A는 B와 가깝다.

　작은 A가 큰 B를 만든다.

　B가 아니었다면 A는 A일 수 없을 것이다.

　행복은 A에 있지 B에 있지 않다.

　A는 B가 약이 되는 병이다.

　기타 등등

　어휘에서는 한 쌍(혹은 세 개, 네 개일 수도 있다)이 되는 단어를 전부 모은다. 이는 유의어(사랑/우정, 말/언어)일 수도 있고, 반의어(삶/죽음, 형식/내용, 기억/망각)일 수도 있으며, 음성학적으로 가까운 단어(신앙/법, 사랑/유머*)일 수도, 흔히 같이 쓰이곤 하는 단어(죄/벌, 낫/망치, 학문/삶) 등일 수도 있다.

　어휘를 문법에 투입하면 무한에 가까운 아포리즘이 임의로 생긴다. 이렇게 만들어진 아포리즘은 어느 것이나 의미를 띠게 된다. 이제 이것을 폴 브라포르가 고안한 컴퓨터 프로그램에 집어넣으면 순식간에 좋이 열두어 개의 아포리즘이 쏟아진다.

　기억은 망각이 약이 되는 병이다.

　망각이 아니었다면 기억은 기억일 수 없을 것이다.

　기억을 통해 나오는 것은 망각을 통해 사라진다.

　작은 망각이 큰 기억을 만든다.

145

* '신앙'이라는 뜻을 가진 foi와 '법'이라는 뜻을 가진 loi는 자음 하나의 차이밖에 없다. '사랑'이라는 뜻을 가진 amour와 '유머'라는 뜻을 가진 humour 역시 두번째 음절 ~mour를 공유한다.

기억은 우리에게 고통을 더하고 망각은 우리에게 즐거움을 더한다.

기억은 망각에서 벗어나지만 무엇이 우리를 기억에서 벗어나게 할까?

행복은 망각에 있지 기억에 있지 않다.

약간의 망각은 기억에서 멀어지고 많은 망각은 기억에 가까워진다.

망각은 인간을 결합시키고 기억은 인간을 헤어지게 한다.

기억은 망각보다 더욱 자주 우리를 속인다.

146   기타 등등

'생각'은 어디에 있는가? 공식에 있는가, 어휘에 있는가, 둘을 결합시키는 작용에 있는가?

W) '그물처럼 얽힌 행들 가운데'

지금 이 글의 문단을 구분하여 '표시하기' 위해 사용된 알파벳은 이탈로 칼비노의 『만일 어느 겨울밤 한 여행자가……』에 수록된 일곱번째 이야기의 프랑스어 번역에 나타난 알파벳 순서를 따른 것이다.

그 일곱번째 이야기 제목은 '그물처럼 얽힌 행들 가운데'인데, 여기 「생각하기/분류하기」의 열세번째 문자 알파벳 O가 들어 있다.* 이 텍스트 첫 행으로 열여덟번째 문자 M에 이를 수 있고, 두번째 행으로 X, 세번째 행으로 Q, 네번째 행은 해당 사항이 없고, 다섯번째 행으로 B와 J에 이른다. 마지막 네 문자 K, W, Y, Z는 각각 12, 26, 32, 41번째 행에 해당한다.

이 이야기에 (적어도 프랑스어 번역본에서는) 특정 글자가 빠져 있지 않음은 쉽게 추측할 수 있을 것이다. 또한 이렇게 구성된 세 개의 알파벳 문자는 표준 알파벳(I, Y, Z)과 동일한 위치를 차지한다는 점을 인정해야 할 것이다.

*Dans un réseau de lignes entrecroisées. 프랑스어로 번역된 이야기 제목에서 중복되는 알파벳 철자를 지우면 'D-a-n-s-u-r-e-l-i-g-t-c-o' 열세번째 마지막 알파벳은 O다. 페렉은 이런 식으로 이 텍스트 본문의 해당 행마다 마지막에 남은 알파벳을 A~Z까지 중복되지 않게 뽑아내 이 글 「생각하기/분류하기」의 문단 구성을 위한 차례로 삼아 글을 썼다.

Y) 기타

(정말 시시한) 십자말풀이 사전에 정리된 간투사들의 분류 목록
(발췌)

감탄: 아EH

분노: 빌어먹을BIGRE

경멸 : 흥BEUH

짐수레꾼이 앞으로 나아갈 때 쓰는 말: 이러HUE

낙하하는 물체를 표현하는 소리: 털썩PATATRAS

타격을 표현하는 소리: 꽝BOUM

사물을 표현하는 소리: 탁, 툭CRAC, CRIC

낙하를 표현하는 소리: 퐁POUF

떠들썩한 고함을 표현하는 소리: 에보에EVOHE*

사냥개들을 선동하는 소리: 쉬쉬TAIAUT

이루지 못한 희망을 표현하는 소리: 꽝이야BERNIQUE

욕설을 표현하는 소리: 젠장MORDIENNE

스페인 욕설을 표현하는 소리: 죽어라CARAMBA

앙리 2세가 습관적으로 썼던 욕설을 표현하는 소리: 제기랄
VENTRE-SAINT-GRIS

승인을 나타내는 욕설을 표현하는 소리: 아무렴PARBLEU

어떤 자를 쫓아낼 때 쓰는 소리: 훠이, 훠이OUST, OUST

Z) ?

147

*원래 이 말은 디오니소스의 무녀들이 주신
디오니소스에게 외치는 소리를 가리킨다.

서지 사항

「열두 개의 삐딱한 시선」   149
    Douze regards obliques, *Traverses*, n° 3, 1976, pp. 44~48.
「읽기: 사회-생리학적 개요」
    Lire: esquisse socio-physiologique, *Esprit*, n° 453, 1976. 1, pp. 9~20.
「내 작업대에 있는 물건들에 관한 노트」
    Notes concernant les objets qui sont sur ma table de travail,
    Les Nouvelles littéraires, n° 2521, 1976. 2. 26, p. 17.
「계략의 장소들」
    Les lieux d'une ruse, *Cause commune*, n° 1, 1977 (coll. 10/18,
    n° 1143), pp. 77~88.
「되찾은 세 개의 방」
    Trois chambres retrouvées, *Les Nouvelles littéraires*, n° 2612,
    1977. 11. 24, p. 20.*
「책을 정리하는 기술과 방법에 대한 간략 노트」
    Notes brèves sur l'art et la manière de ranger ses livres, *L'Humidité*,
    n° 25, 1978년 봄, pp. 35~38.
「모색중인 것에 대한 노트」
    Notes sur ce que je cherche, *Le Figaro*, 1978. 12. 8, p. 28.
「나는 말레와 이삭을 기억한다」
    Je me souviens de Malet & Issac, *H-Histoire*, n° 1, 1979. 3,
    pp. 197~209.

---

*『레 레트르 누벨』에 실렸을 때 오류가 하나
있어서 본 텍스트의 의미가 훼손되었다. 초고가
없으므로 텍스트를 여기에 실린 그대로 복권하는
것이 합당하다고 생각한다. ─편집자 원주

「초보자를 위한 여든한 개의 요리 카드」

81 fiches-cuisine à l'usage des débutants, *Manger*, Christian Besson, Catherine Weinzaepflen 편, Liège et Chalon-sur-Saône: Yellow Now et Maison de la culture, 1980, pp. 97~109.

「안경에 대한 고찰」

Considérations sur les lunettes, *Les Lunettes*, Pierre Marly 편, Paris: Atelier Hachette/Massin, 1980, pp. 5~9.

「살다habiter 동사의 몇 가지 용례에 대해서」

De quelques emplois du verbe habiter, *Construire pour habiter*, Paris: L'Equerre-Plan Construction, 1981, pp. 4~5.

「이상 도시를 상상하는 데 있어 존재하는 난관에 대하여」

De la difficulté qu'il y a à imaginer une Cité idéale, *La Quinzaine littéraire*, n° 353, 1981. 8. 1, p. 38.

「생각하기/분류하기」

Penser/Classer, *Le Genre humain*, n° 2, 1982, pp. 111~127.

150

인명 사전

- 가리발디, 주세페(Giuseppe Garibaldi, 1807~82). 이탈리아의 장군으
로 마치니(Giuseppe Mazzini 1805~72)와 함께 이탈리아 혁명운동
에 관계했고 이탈리아 통일을 주도한 인물이다.
- 가브라스, 코스타(Costa Gavras, 1933~). 그리스 태생의 프랑스 영화
감독. 1965년 〈잠자는 살인자〉로 데뷔한 이후 〈Z〉와 같이 정치성 짙
은 영화를 다수 발표했다.
- 갈릴레이, 갈릴레오(Galileo Galilei, 1564~1642). 이탈리아의 천문학
자, 물리학자. 이탈리아 피사 출신으로 피사 성당의 조등弔燈이 흔들
리는 것을 보고 진자振子의 등시성等時性을 발견. 손수 제작한 망원경
으로 천체를 관찰하고 코페르니쿠스의 지동설을 지지했다.
- 고야, 프란치스코(Francisco José de Goya y Lucientes, 1746~1828). 스
페인의 화가. 인물화를 많이 그렸지만 정물, 종교, 풍속, 풍경 등 다
양한 장르에도 능했고 환상성이 짙은 작품들을 남겼다.
- 기조, 프랑수아(François Guizot, 1787~1874). 프랑스의 역사가이자
정치인. 아카데미 프랑세즈 회원. 초등교육 의무화를 위한 기조법을
세웠다.
- 기즈, 앙리 드(Henri de Lorraine Guise, 1550~88). 프랑스의 장군. 위
그노전쟁에 참가했고, 부친인 프랑수아 드 기즈가 사망하자 구교도
의 수령이 되어 콜리니의 암살, 성바돌로매축일의학살을 선동했다.

- 기즈, 프랑수아 드(François de Guise, 1520~63). 16세기 프랑스의 유명한 장군. 종교전쟁 중 구교도를 이끌었다.
- 나도, 모리스(Maurice Nadeau, 1911~2013). 프랑스의 작가이자 문학비평가이자 출판인. 페렉의 첫 작품『사물들』은 그가 창간한 문학잡지 이름이자 쥐야르에서 펴내는 선집 이름이기도 한 '레 레트르 누벨'을 통해 처음으로 발표되었고,『W 혹은 유년기의 기억』을 연재해 소개했던 잡지『캥젠 리테레르』도 그가 창간한 문학잡지다.
- 네케르, 자크(Jacques Necker, 1732~1804). 스위스 제네바 출생의 프랑스 은행가, 정치가. 루이 16세 당시 재정총감으로 취임하였다. 1781년 사임한 후 1788년 재취임하여 삼부회를 소집했으며, 이것이 프랑스대혁명의 도화선이 되었다.
- 뉴턴, 아이작(Isaac Newton, 1642~1727). 영국의 물리학자, 천문학자, 수학자. 라이프니츠와 함께 미적분법의 창시자로 알려졌다. 물리학에서 뉴턴역학의 체계를 세웠다.
- 다가마, 바스쿠(Vasco da Gama, 1469~1524). 포르투갈의 항해자. 인도 항로를 발견했다.
- 다메시나, 안토넬로(Antonello da Messina, 1430~79). 이탈리아 르네상스 시대의 화가. 페렉은 루브르에서 다메시나가 그린〈용병대장〉(1475) 초상화를 보고, 자기처럼 입술 위에 흉터가 있는 이 초상화 속 젊은이를『잠자는 남자』와 동명의 소설에서 형상화했다.
- 다비드, 자크(Jacques Louis David, 1748~1825). 프랑스의 화가. 19세기 초 프랑스 신고전주의 미술을 주도했다.
- 다빈치, 레오나르도(Leonardo da Vinci, 1452~1519). 이탈리아 르네상스 시대의 천재적 미술가, 과학자, 기술자, 사상가. 회화뿐 아니라 조각, 건축, 토목, 수학, 과학, 음악에 이르기까지 다양한 방면에 재능을 보였다.
- 데카르트, 르네(René Descartes, 1596~1650). 프랑스의 철학자, 수

학자, 물리학자. 근대철학의 시초로 평가받으며 해석기하학을 창시
했다.

- 도데, 알퐁스(Alfonse Daudet, 1840~97). 19세기 후반 프랑스의 자연
주의 소설가.
- 도드, 알프레드(Alfred Amédée Dodds, 1842~1922). 세네갈 출신의
프랑스 장군. 1892년에서 1894년 사이에 다호메이(현재의 베냉)를
정복했다.
- 두, 제라르(Gérard Dou, 1613~75). 네덜란드의 화가로 렘브란트를
사사했다.
- 뒤러, 알브레히트(Albrecht Dürer, 1471~1528). 독일의 화가이자 판
화가. 이탈리아 르네상스 미술의 이상을 독일 미술 전통에서 살려냈
다는 평가를 받는다.
- 뒤마, 알렉상드르(Alexandre Dumas, 1802~70). 19세기 프랑스의 극
작가이자 소설가.『삼총사』『몬테크리스토 백작』등의 작품으로 유
명하다.
- 뒤바리 부인(Madame du Barry, 1743~93). 루이 15세의 애첩.
- 뒤비뇨, 장(Jean Duvignaud, 1921~2007). 프랑스의 작가, 연극비평
가 겸 연출가, 사회학자, 인류학자. 1972년에 페렉, 비릴리오와 함께
『코즈 코뮌 Cause commune』이라는 잡지를 창간했다.
- 뒤샤토, 자크(Jacques Duchateau, 1929~). 프랑스의 시나리오 작가
이자 영화감독으로, 울리포 창단의 기원이 된 그룹(Décade de Ce-
risy)에 1960년에 가입해 계속 활동한 울리포 회원이기도 하다.
- 드빌, 앙리 에티엔 생트클레르(Henri Étienne Sainte-Claire Deville,
1818~81). 프랑스의 화학자. 알루미늄 제조법을 만든 인물로 유명
하다.
- 드조브리, 루이 샤를(Louis Charles Dezobry, 1798~1871). 프랑스 역
사가이자 작가.

153

- 들라크루아, 외젠(Eugène Delacroix, 1798-1863). 19세기 프랑스 낭만주의 화가. 앵그르와 다비드 등과 맞서 새로운 미술 양식을 추구했다.
- 디드로, 드니(Denis Diderot, 1713-84). 프랑스의 유물론 철학자, 극작가, 소설가, 미술 평론가. 방대한 분량의『백과사전』편집위원으로 다수의 항목을 집필했다.
- 라블레, 프랑수아(François Rabelais, 1483?-1553). 프랑스 르네상스기의 인문주의 저술가이자 소설가.『팡타그뤼엘』『가르강튀아』등을 남겼다.
- 라샤트르, 모리스(Maurice Lachâtre, 1814-1900). 19세기 프랑스의 출판 편집자. 사전 편찬자로 유명했고, 마르크스의『자본론』등을 펴냈다.
- 라신, 장(Jean Racine, 1639-99). 프랑스 고전주의기의 극작가이자 시인. 고전주의 비극의 원칙을 엄격하게 적용한 여러 편의 비극을 썼다.
- 라우, 장(Jean Raoux, 1677-1734). 고전 신화와 문학을 주제로 주로 그린 프랑스의 화가. 〈오르페우스와 에우리디케〉 등의 그림이 있다.
- 라이프니츠, 고트프리트 빌헬름 폰(Gottfried Wilhelm von Leibniz, 1646-1716). 독일의 철학자, 수학자, 물리학자, 법학자. 뉴턴과 더불어 같은 시기에 미적분법을 발견했고, 1700년 스스로가 창설한 베를린 학사원의 초대 회장이 되었다.
- 라파엘로(Raffaello Sanzio, 1483-1520). 이탈리아 르네상스기의 화가, 건축가.
- 레옹 10세(Léon X, 1475-1521). 이탈리아 메디치 가문 출신으로 1513년에서 1521까지 교황을 지냈다.
- 렘브란트(Rembrandt, 1606-69). 17세기 네덜란드의 화가. 유럽 바로크 예술에서 가장 중요한 인물. 명암법에 뛰어났다.
- 로레, 니콜라에듬(Nicolas-Edme Roret, 1797-1860). 일목요연한 분야별 분류를 통해 실속 있는 백과사전적 '요람Manuels' 시리즈 편찬자

154

로 유명세를 탄 프랑스의 편찬자. 19세기 유명한 대표 총서들과 조르주 상드 및 사드 작품들을 출간했다.

- 로베스피에르(Maximilien Marie Isidore de Robespierre, 1758~94). 프랑스대혁명기의 정치인. 자코뱅 클럽의 일원으로 공포정치를 주도하고 루이 16세를 처형했으나 이듬해 그 역시 단두대에서 같은 운명을 맞았다.
- 로스피탈, 미셸 드(Michel de l'Hospital, 1506~1673). 파리 고등법원 판사, 트리엔트공의회 대사 등을 거쳐 대법관 자리에 올랐다.
- 로이드, 해럴드(Harold Lloyd, 1893~1971). 무성영화 시대에 희극적인 역할로 유명했던 미국의 배우.
- 로크, 존(John Locke, 1632~1704). 영국의 철학자.『인간 지성론』에서 데카르트의 본유관념을 비판하며 경험주의의 기초를 닦았다.
- 로토, 로렌초(Lorenzo Lotto, 1480년경~1556). 이탈리아 르네상스 후기의 화가로, 베네치아파 화가 조반니 델리니와 다메시나의 영향을 받았다.
- 로트레크, 앙리 드 툴루즈(Henri de Toulouse-Lautrec, 1864~1901). 19세기 말 활동한 프랑스의 화가. 1885년경 몽마르트르에 정착하여 파리의 풍속을 정확하게 묘사한 작품을 다수 남겼다.
- 롱사르, 피에르 드(Pierre de Ronsard, 1524~85). 16세기 프랑스의 시인. 플레이아드파의 대표자로 알렉상드르 시구를 확립하였다.
- 루벤스, 페테르(Peter Paul Rubens, 1577~1640). 플랑드르의 화가. 감각적이고 관능적인 색채로 화려하고 웅대한 작품을 다수 남겼다.
- 루소, 장자크(Jean-Jacques Rousseau, 1712~78). 스위스 주네브 출신의 프랑스 작가, 사상가. 초기에는『백과사전』집필자들과 긴밀하게 교류했으나 나중에 결별하고 독자적인 사상을 세웠다.
- 루스벨트, 시어도어(Theodore Roosevelt, 1858~1919). 미국의 26대 대통령. 국내로는 트러스트 규제, 철도 통제, 노동자 보호 입법 등에

155

공헌했고, 국외로는 먼로주의를 확대 해석하여 강력한 외교를 추진했다.

- 루이 11세(Louis XI, 1423~83). 프랑스 발루아왕조의 왕(재위 1461~83). 샤를 7세의 아들로 왕위에 올라 중앙집권 체제를 확립했다.

- 루이 12세(Louis XII, 1462~1515). 프랑스 발루아왕조의 왕(재위 1498~1515). 프랑스 르네상스의 길을 열었다.

- 루이 14세(Louis XIV, 1638~1715). 프랑스 부르봉왕조의 왕(재위 1643~1715). 절대왕정의 대표적인 전제군주이다. 정치, 군사, 문화, 예술 방면에서 프랑스를 유럽의 중심으로 만들었지만 낭트칙령을 철회하여 신교도를 박해하기도 했다.

156

- 루터, 마르틴(Martin Luther, 1483~1546). 독일의 신학자, 가톨릭교회의 개혁자로 종교개혁을 주장하고 성경을 독일어로 번역하면서 교황권에 도전했다.

- 르낭, 에르네스트(Joseph Ernest Renan, 1823~92). 프랑스의 철학자, 역사가, 문헌학자, 작가. 다윈의 진화론을 수용하여 종교의 인류학적 뿌리를 찾으려 했다.

- 르냐르, 장프랑수아(Jean-François Regnard, 1655~1709). 17세기 프랑스 작가이자 극작가. 19세기까지 몰리에르의 뒤를 잇는 희극 시인으로 평가받았다.

- 르블랑, 모리스(Marie Émile Maurice Leblanc, 1864~1941). 프랑스의 작가로 1907에서 1937년 사이 스물일곱 권의 아르센 뤼팽 시리즈를 발표했다.

- 리슐리외, 장(Armand Jean du Plessis de Richelieu, 1585~1642). 프랑스의 성직자이자 정치가. 루이 13세의 수상으로 일했으며, 근대국가의 초석을 놓았다는 평가를 받는다.

- 리오네, 프랑수아 르(François Le Lionnais, 1901~84). 프랑스의 엔지니어, 화학자, 수학자이자 작가. 1960년 레몽 크노와 함께 울리포를 만든 창단 멤버 중 하나로, 페렉은 1967년에 울리포 회원이 되었다.

- 리트레, 에밀(Émile Maximilien Paul Littré, 1801~81). 프랑스의 철학자, 사전학자. 그가 편찬한 사전을 '리트레 사전'이라 부른다.
- 린네, 카를(Carl Linnæus, 1707~78). 스웨덴의 자연사학자로 근대 식물학의 명명법을 창시자했다.
- 마로, 클레망(Clément Marot, 1496~1544). 16세기 프랑스의 시인. 플레이아드파 시인들의 선구자로서 프랑수아 1세 궁정의 공식 시인 이기도 했다.
- 마시스, 크벤틴(Quentin Massys 또는 Matsys, Metsys, Messys, 1465/66~1530). 16세기 초 안트베르펜 유파를 형성한 플랑드르 화가. 에라스뮈스의 『우신예찬』에 나오는 어리석고 추하고 기괴한 인물들을 탐구해, 그로테스크한 초상화들을 남긴 걸로 유명하다.

157

- 마자랭, 쥘(Jules Mazarin, 1602~61). 이탈리아 출신의 추기경이자 외교관으로 리슐리외의 뒤를 이어 루이 13세에서 루이 14세에 이르기까지 수상을 지냈다.
- 마젤란, 페르난디드(Ferdinand Magalhães, 1480~1521). 포르투갈 출신의 스페인 탐험가로 1519년에서 1521년 사이에 카나리아제도, 리우데자네이루를 거쳐 태평양으로 나아가는 통로를 찾아 괌과 필리핀에 이르렀다.
- 말러, 구스타프(Gustav Mahler, 1860~1911). 오스트리아 태생의 작곡가, 지휘자. 열 개의 교향곡과 다수의 가곡을 작곡했다.
- 맥기어, 팻(Pat McGeer, 1917~85). 미국의 범죄소설 작가. 1952년 『죽여야 할 하녀들』로 범죄 문학 대상을 수상했다.
- 메디시스, 카트린 드(Catherine de Médicis, 1519~89). 우르비노 공작, 로렌초 메디치스의 딸로 프랑스의 앙리 2세와 결혼한 뒤, 왕이 죽자 섭정했다(1560~63). 아들 셋이 왕위에 올라, 각각 프랑수아 2세, 샤를 9세, 앙리 3세가 되었다.
- 메테르니히, 클레멘스 벤첼 로타르 폰(Clemens Wenzel Lothar von Metternich, 1773~1859). 오스트리아 재상(1821~48)으로 나폴레옹

통치 시기 주駐프랑스 오스트리아 대사를 역임한 후, 오스트리아 외
무 장관이 되었고, 1813년 이후 러시아, 프로이센과 동맹을 맺어 나
폴레옹에 대항했다. 이후 빈회의를 주재하고 나폴레옹 이후의 유럽
질서를 열강 간의 세력 균형에 기초하여 재건했다.

- 모스, 마르셀(Marcel Mauss, 1872~1950). 프랑스의 사회학자, 인류
  학자. 프랑스 인류학의 아버지로 알려져 있다.『증여론』『이누이트
  사회』등의 저작이 있다.

- 모제스, 알프레드 드(Alfred de Moges, 1830~61). 19세기 프랑스 외
  교관으로, 1858년 10월 일본 에도에 프랑스-일본 간 수호통상조약
  을 맺기 위해 샤를 드 샤시롱과 장바티스트 루이 그로와 함께 갔다.
  그는『1857년과 1858년 중국-일본 주재 어느 대사의 기억Souvenirs
  d'une ambassade en Chine et au Japon en 1857 et 1858』(1860)을 펴낸 바 있다.

- 몰리에르, 장바티스트(Jean-Baptiste Poquelin Molière, 1622~73). 프
  랑스의 희극작가이자 배우로 루이 14세 시절 유명한 극단을 이끌었
  다. 당대 희극작가들에 맞서 새로운 양식의 희극을 썼다.

- 몰트케, 헬무트 카를 바른하르트, 그라프 폰(Helmuth Karl Barnhard,
  Graf von Moltke, 1800~91). 프로이센의 장군. 근대적 참모 제도의
  창시자이다. 프로이센오스트리아전쟁, 프로이센프랑스전쟁 등을
  승리로 이끌었다.

- 몽탕, 이브(Yves Montant, 1921~91). 이탈리아 출생의 프랑스 샹송
  가수이자 영화배우.

- 몽테뉴, 미셸 에켐 드(Michel Eyquem de Montaigne, 1533~92). 프랑
  스 르네상스기의 작가. 보르도 시장으로 일했고 종교전쟁시 신교와
  구교의 중재를 시도했다가 은퇴하여 방대한 분량의『수상록』을 썼다.

- 몽테스키외(Charles-Louis de Secondat Montesquieu, 1689~1755). 프
  랑스의 정치사상가, 소설가, 철학자로『법의 정신』, 서한체 소설『페
  르시아인의 편지』를 썼다.

158

- 뮈세, 알프레드 드(Alfred de Musset, 1810~57). 프랑스 낭만주의 시대의 극작가 및 시인. 희곡『로렌자치오』와 자전소설『세기아의 고백』등의 작품을 남겼다.
- 미슐레, 쥘(Jules Michelet, 1798~1874). 19세기 프랑스 역사가.
- 미켈란젤로(Michelangelo di Lodovico Buonarroti Simoni, 1475~1564). 이탈리아 르네상스 시대의 화가, 조각가, 건축가, 시인.
- 바리, 앙투안(Antoine Louis Barye, 1795~1875). 19세기 프랑스의 조각가, 화가. 동물 조각에 능했다.
- 바슐레, 테오도르(Théodore Bachelet, 1820~79). 프랑스 역사학계의 석학.

159

- 발자크, 오노레 드(Honoré de Balzac, 1799~1850). 프랑스 낭만주의 소설가. '인간극Comédie humaine'이라는 방대한 기획 아래 90여 편에 달하는 장단편 소설을 썼다.
- 밸린저, 빌(Bill S. Ballinger, 본명은 William Sanborn Ballinger, 1912~80). 미국의 현대 소설가이자 시나리오 작가로,『이와 손톱』『사라진 시간』등 주로 추리소설과 스파이소설을 썼다.
- 베나부, 마르셀(Marcel Bénabou, 1939~). 모로코 태생의 프랑스 작가 및 역사가.
- 베로네세, 파올로(Paolo Caliari Véronèse, 1528~88). 이탈리아 베로나 출신의 화가. 티치아노, 틴토레토와 함께 베네치아 후기 르네상스의 가장 중요한 화가.
- 베르나르, 클로드(Claude Bernard, 1813~78). 프랑스의 의사, 생리학자. 실험 의학의 창시자로『실험 의학론』을 썼다.
- 베르톨로, 마르셀랭(Pierre Eugène Marcellin Berthelot, 1827~1907). 19세기 프랑스의 화학자이자 과학사가.
- 베른, 쥘(Jules Verne, 1828~1905). 19세기 프랑스의 소설가.『해저 2만 리』『80일간의 세계 일주』등 다수의 모험소설, 과학소설을 남겼다.

- 베이던, 로히어르 판 데르(Rogier van der Weyden, 1399~1464). 북유 럽 르네상스 미술을 대표하는, 네덜란드의 플랑드르 화가.
- 베이컨, 로저(Roger Bacon, 1214~94). 영국의 철학자, 과학자. 공허 한 사변 대신 실험에 근거한 경험주의 과학을 세우고자 했다.
- 보르헤스, 호르헤 루이스(Jorge Luis Borges, 1899~1986). 아르헨티나 태생의 작가. 환상적 사실주의 경향을 띤 소설로 현대문학에 큰 영 향을 주었다.
- 보베, 루이종(Louison Bobet, 1925~83). 투르 드 프랑스에서 1913년, 1914년, 1920년 세 차례나 우승을 차지한 전설적인 자전거 선수.
- 볼테르(Volaire, 본명은 François-Marie Arouet, 1694~1778). 프랑스 의 철학자, 시인, 극작가, 문인. 뉴턴주의와 이신론에 기반한 사상적 토대로 프랑스 계몽주의 사상에 큰 영향을 주었으며, 당대에는 극작 가로 이름을 날렸다.
- 부이예, 마리니콜라(Marie-Nicolas Bouillet, 1798~1864). 프랑스의 교수이자 번역가 및 사전학자. 1842년에 『역사, 지리 보편사전』을 출간해 대단한 명성과 인기를 누렸다.
- 불린, 앤(Ann Boleyn, 1500?~36). 잉글랜드 국왕 헨리 8세의 두번째 왕비. 그녀의 딸이 후에 엘리자베스 1세가 된다.
- 뷔르츠, 샤를(Charles Adolphe Wurtz, 1817~84). 프랑스의 의사이자 화학자. 콜레주드프랑스 교수이자 의학 아카데미 회원이었다.
- 뷔토르, 미셸(Michel Butor, 1926~). 프랑스 현대 시인, 소설가, 작가. 누보로망을 표방한 작가들과 교류했으며 대표작으로 소설 『변경』 이 있다.
- 브라만테, 도나토(Donato Bramante, 1444~1514). 이탈리아 르네상 스 시대의 건축가. 산피에트로 대성당 건축으로 유명하다.
- 브라포르, 폴(Paul Braffort, 1923~). 프랑스의 과학자, 기술자, 작가, 시인, 작곡가. 울리포 회원이었다.

160

- 브루크너, 안톤(Anton Bruckner, 1824~96). 오스트리아의 오르간 주
  자이자 작곡가. 독일 후기 낭만주의를 대표하며 아홉 개의 교향곡을
  작곡했다.
- 비니, 알프레드 빅토르, 콩트 드(Alfred Victor, Comte de Vigny, 1797~
  1863). 프랑스 낭만주의 시대의 시인, 극작가, 소설가.
- 비릴리오, 폴(Paul Virilio, 1932~). 프랑스의 도시학자이자 작가. 테
  크놀로지와 속도에 대한 저작들로 잘 알려져 있다.
- 비스마르크(Otto Eduard Leopold von Bismarck, 1815~98). 프러시아
  의 정치가. 수상 재임 중 독일통일에 결정적인 역할을 했다.
- 비트루비우스(Marcus Vitruvius Pollio, B.C.90~B.C.20). 고대 로마의   161
  건축가로 그의 저서 『건축론』은 이후 건축 이론에 지대한 영향을 주
  었다.
- 빌헬름 2세(Friedrich Wilhelm Viktor Albrecht, 1859~1941). 프러시
  아의 아홉번째 및 마지막 왕이자 독일의 세번째이자 마지막 황제였
  다(재위 1888~1918).
- 사르토, 안드레아 델(Andrea del Sarto, 1486~1531). 피렌체 출신 이
  탈리아 르네상스 시대의 화가.
- 상드, 조르주(George Sand, 본명 Amantine Aurore Lucile Dupin,
  1804~76). 19세기 프랑스 낭만주의 시대의 여성 소설가.
- 생 루이(Saint Louis, 1214~70). 카페왕조의 아홉번째 왕이자 루이
  9세(재위 1226~70).
- 생시몽, 루이 드 루브루아(Louis de Rouvroy, Duc de Saint-Simon,
  1675~1755). 프랑스의 귀족으로 루이 14세와 섭정기 프랑스 궁정
  을 세세히 기록한 방대한 분량의 『회상록』을 저술했다. 19세기 공
  상적 사회주의자 생시몽(Claude Henri de Rouvroy de Saint-Simon,
  1760~1825)과는 관계가 없다.
- 샤르댕, 장(Jean Siméon Chardin, 1699~1779). 18세기 프랑스의 화
  가. 정물화, 장르화 등에서 다수의 걸작을 남겼다.

- 샤를 7세(Charles VII, 1403~61). 프랑스 발루아왕조의 다섯번째 왕(재위 1422~61). 영국과의 백년전쟁을 종식시켰다.
- 샤를 10세(Charles X, 1757~1836). 다르투아 공작이었다가 프랑스의 왕위에 올랐다(재위 1824~30). 왕정복고 후 구체제로 돌아가고자 했으나 1830년 7월 혁명으로 폐위되었다.
- 샤토브리앙(François-René de Chateaubriand, 1768~1848). 프랑스 낭만주의 시대의 작가이자 정치가. 낭만주의의 선구자로 간주된다.
- 세박, 조르주(Georges Sebbag, 1942~). 모로코 태생의 프랑스 작가. 초현실주의와 관련한 다수의 저작이 있다.
- 세비녜 부인(Marie de Rabutin-Chantal, marquise de Sévigné, 1626~96). 딸 프랑수아즈에게 25년간 방대한 편지를 보냈고, 이것이 나중에 출판되면서 17세기의 중요한 서한 작가로 인정받았다.
- 세이 쇼나곤(清少納言, 964?~1025). 일본 헤이안平安 시대의 여성 작가. 수필『마쿠라노소시』로 유명하다.
- 슈스터, 조(Joe Shuster, 1914~92). 캐나다의 만화가로 슈퍼맨 시리즈의 저자.
- 스위프트, 조너선(Jonathan Swift, 1667~1745). 아일랜드의 작가로『걸리버 여행기』를 썼고, 다수의 정치 팸플릿의 저자이기도 하다.
- 스타크, 로런스(Lawrence W. Stark, 1926~2004). 1950년대와 1960년대 안구운동 제어에 관한 연구로 이름난 미국의 신경학자.
- 스터전, 시어도어(Theodore Sturgeon, 본명 Edward Hamilton Waldo, 1918~85). 미국 환상 문학 및 과학소설 작가.
- 스피나, 알레산드로 델라(Alessandro della Spina, ?~1313). 이탈리아 도미니크회 수도사. 안경의 발명가로 알려져 있다.
- 시에예스, 에마뉘엘(Emmanuel Joseph Sieyès, 1748~1836). 프랑스대혁명기의 정치인. 1789년 제3신분 대표로 선출되어 삼부회에 참여했고, 죄드폼 선언문을 작성하고 헌법 기안에 참여했다.

162

- 아돌프, 구스타브(Gustave II Adolphe, 1594~1632). 스웨덴의 왕(재위 1611~32)으로 '사자왕'이라 불렸다. 30년전쟁에서 승리하여 유럽에서 가톨릭과 프로테스탄트 간의 균형을 이루는 데 공헌했다.
- 아르마티, 살비노 델리(Salvino degli Armati, 1245~1317). 피렌체 태생의 이탈리아 과학자.
- 아밀라, 존(John Amila, 1910~95). 프랑스의 탐정소설가. 장 아밀라라는 이름으로도 잘 알려져 있다.
- 아이리시, 윌리엄(William Irish, 본명 Cornell Woolrich, 1903~68). 미국의 탐정소설가.
- 안드레스, 우르줄라(Ursula Andress, 1936~). 스위스의 여배우.   163
- 안테미우스(Anthémius de Tralles, ?~B.C. 558). 비잔티움 시대의 수학자, 건축가.
- 알하젠(abū 'Ali al-Hasan ibn al-Haytham, ?965~?1039). 아라비아의 물리학자, 철학자, 수학자, 과학자로 특히 광학 이론에서 중요한 업적을 남겼다.
- 압델카데르(Abd el-Kader ben Muhieddine, 1808~83). 알제리의 정치가이자 장군으로 프랑스의 알제리 원정군에 맞서 15년 동안 (1832~47) 저항했다.
- 앙리 2세(Henri II, 1519~59). 선왕 프랑수아 1세의 둘째 아들로 프랑스의 왕이었다(재위 1536~59).
- 앙리 4세(Henri IV, 1553~1610). 나바르의 왕(재위 1572~1610)이자 이후 프랑스의 왕으로 부르봉왕조를 열었다. 프로테스탄트였으나 가톨릭으로 개종했다. 종교전쟁을 종식하고 낭트칙령을 통해 프랑스 내 프로테스탄트를 보호했다. 프랑수아 라바야크에 의해 암살당했다.
- 앵그르, 장오귀스트도미니크(Jean-Auguste-Dominique Ingres, 1780~1867). 19세기 프랑스 신고전주의 화가.

- 야르부스, 알프레트 루키야노비치(Альфред Лукьянович Ярбус, 1914~86). 1950년대와 1960년대 안구운동을 연구한 러시아의 심리학자.
- 에라스뮈스(Desiderius Erasmus Roterodamus, 1466~1536). 후기 르네상스 시대 네덜란드의 가톨릭 사제이자 철학자, 인문주의 작가이다.
- 에르크만-샤트리앙(Erckmann-Chatrian). 에밀 에르크만(Émile Erckmann 1822~99)과 알렉상드르 샤트리앙(Alexandre Chatrian 1826~90) 두 작가가 공동으로 사용한 이름. 전원적 리얼리즘을 추구했다.
- 오렌지공 윌리엄(Willem III van Oranje, 1650~1702). 영국 스튜어트 왕조의 왕(재위 1689~1702) 겸 네덜란드 총독(1672~1702). 프랑스 루이 14세의 네덜란드 침략을 저지하고 왕위에 올랐다.
- 오를레이, 베르나르트 판(Bernard van Orley, 1492?~1542). 고딕에서 르네상스 이행기 북유럽(벨기에)의 플랑드르 화가로, 1521년 독일 화가 뒤러가 그린 그의 초상화로 유명하다.
- 요제프 2세(Joseph II, 1741~90). 신성로마제국 황제(재위 1765~90). 철저한 중앙집권 체제로 농노제를 폐지하는 등 급진적인 개혁을 단행했다.
- 위고, 빅토르(Victor Hugo, 1802~85). 프랑스 낭만주의 시대의 시인, 극작가, 소설가. 정치, 사상, 문학 분야에서도 상당한 영향력을 행사했다.
- 저버스, 찰스(Charles Jervas 1675~1739). 아일랜드의 초상화가. 조지 1세의 공식 화가로 임명되었다.
- 제리코, 테오도르(Théodore Géricault, 1791~1824). 프랑스 낭만주의 시대의 화가.
- 조르조네(Giorgione, 1477~1510). 16세기 이탈리아 베네치아 출신의 화가.

- 조이스, 제임스(James Joyce, 1882~1941). 20세기 아일랜드의 시인
  이자 소설가. 『더블린 사람들』 『율리시스』 등의 소설을 썼다.
- 카르파초(Vittore Carpaccio, 본명 Scarpazza, 1460~1526). 이탈리아
  베네치아 출신의 화가로 플랑드르 화풍의 영향을 받았다.
- 칼뱅, 장(Jean Calvin, 1509~64). 종교개혁기 프랑스의 신학자. 프랑
  스 왕 프랑수아 1세의 박해로 스위스로 피신하여 1536년 복음주의
  의 고전이 된 『그리스도교 강요』를 썼다.
- 칼비노, 이탈로(Italo Calvino, 1923~85). 쿠바 태생의 이탈리아 작
  가. 문학 이론가이기도 했으며 울리포의 멤버로 활동했다. 대표작으
  로 『우리의 선조들』 삼부작, 『반쪼가리 자작』 『나무 위의 남작』 『존
  재하지 않는 기사』 등이 있다.
- 캠프, 스프레이그 드(Lyon Sprague de Camp, 1907~2000). 미국의 과
  학소설 작가. 『암흑을 저지하라』를 비롯해 지난 50년간 100여 편의
  소설을 썼다.
- 케플러, 요하네스(Johannes Kepler, 1571~1630). 독일의 천문학자로
  티코 브라헤의 화상 관측 결과를 정리하여, 행성은 태양을 초점으로
  하는 타원 궤도를 돈다는 '케플러의 법칙'을 세웠다.
- 코레조(Correggio, 본명 Antonio Allegri, 1494~1534). 이탈리아 르네
  상스 시대의 화가.
- 코렐리, 아르칸젤로(Arcangelo Corelli, 1653~1713). 이탈리아 바로
  크 시대의 바이올리니스트이자 작곡가.
- 코르네유, 피에르(Pierre Corneille, 1606~84). 17세기 프랑스의 극작
  가. 희비극 장르로 『르 시드』, 비극 장르로 『오라스』 『로도귄』 『신
  나』 등의 작품이 있다.
- 코페르니쿠스, 니콜라우스(Nicolaus Copernicus, 1473~1543). 폴란
  드의 천문학자. 지동설을 주장했다.
- 콜럼버스, 크리스토퍼(Christopher Columbus, 1451~1506). 15세기 이

탈리아의 항해가로 스페인 여왕의 후원을 받아 인도를 찾아 항해를
떠나 쿠바, 아이티, 트리니다드 등을 발견했다. 그의 서인도 항로 발견
으로 인해 스페인이 주축이 된 신대륙 식민지 경영이 시작되었다.

- 콜리니, 가스파르 드(Gaspard de Coligny, 1519~72). 프랑스 귀족으
  로 1572년 성바돌로매축일의학살을 주도했다.
- 콜베르, 장바티스트(Jean-Baptiste Colbert, 1619~83). 프랑스의 정치
  가. 재정총감으로서 중상주의 정책을 추진하는 한편, 왕립 매뉴팩처
  를 창설하여 공업을 육성했다.
- 콩데, 루이 드 부르봉(Louis II de Bourbon-Condé, 1621~86). 프랑스
  의 군인으로 30년전쟁 등 여러 전쟁에서 큰 공훈을 세웠다.
- 쿡, 제임스(James Cook, 1728~79). 영국의 항해가. 뉴질랜드 항해 중
  쿡해협을 발견했고, 오스트레일리아를 탐험하여 이를 영국 영토로
  선언했다.
- 퀴르논스키(본명 Maurice Edmond Sailland, 1872~1956). '미식가들
  의 왕자'라 불린 프랑스의 요리비평가이자 풍자가.
- 크노, 레몽(Raymond Queneau, 1903~76). 프랑스의 소설가, 시인,
  극작가. 울리포의 창설자로, 『문체 연습』『백조 편의 시』『지하철 소
  녀 쟈지』등 실험적인 작품을 썼다.
- 클라우제비츠, 카를 폰(Carl von Clausewitz, 1780~1831). 프로이센
  의 군인. 그의 사후에 출판된 『전쟁론』은 당대 전쟁 경험에 기초를
  둔 고전적인 전쟁 철학서로 평가받는다.
- 클루에, 프랑수아(François Clouet, 1520?~72). 프랑스 르네상스 시
  대의 초상화가.
- 타르디외, 장(Jean Tardieu, 1903~95). 20세기 프랑스의 시인. 괴테와
  횔덜린의 번역가이기도 하다.
- 튀렌, 비콩트 드(Vicomte de Turenne, 1611~75). 루이 13세와 루이
  14세 시대 가장 훌륭했다고 평가받는 장군.

166

- 튀르고, 안 로베르 자크(Anne Robert Jacques Turgot, 1727~81). 프랑스의 철학자, 중농주의 경제학자로 1774년 루이 16세의 재정총감이 되었지만 곧 파면되었다.
- 티에리, 자크 니콜라 오귀스탱(Jacques Nicolas Augustin Thierry, 1795~1856). 19세기 프랑스의 역사가.
- 티치아노, 베첼리오(Tiziano Vecellio, 1488~1576). 이탈리아 베네치아의 화가. 당대 최고의 초상화가로 명성을 떨쳤다.
- 틴토레토(Jacopo Robusti Tintoretto, 1518~94). 르네상스 시대에 활동한 이탈리아 베네치아 출신의 화가.
- 파라셀수스, 아우레올루스 필리푸스(Philippus Aureolus Paracelsus, 본명 Theophrastus Bombastus von Hohenheim, 1493~1541). 스위스의 의사, 점성술사, 화학자. 근대 의학과 화학의 토대를 닦았다.

167

- 파스칼, 블레즈(Blaise Pascal, 1623~62). 17세기 프랑스의 수학자, 철학자, 신학자.
- 파스퇴르, 루이(Louis Pasteur, 1822~95). 19세기 프랑스의 화학자이자 미생물학의 선구자.
- 페리, 쥘(Jules Ferry, 1832~93). 프랑스의 정치가. 제3공화정 초기 두 차례에 걸쳐(1880~81, 1883~85) 총리를 역임했고, 쥘 페리 법안을 기안하여 반교권적인 교육정책을 실시했다.
- 포르타, 잠바티스타 델라(Giambattista della Porta 또는 Giovanni Battista Della Porta, 1535?~1615). 이탈리아의 자연과학자, 철학자, 연금술사, 안경 광학사. 그의 렌즈에 관한 저작에 힘입어 최초의 안경이 만들어질 수 있었다고 한다.
- 폴로, 마르코(Marco Polo, 1254~1324). 이탈리아 베네치아의 상인으로 중국 각지를 여행하고 원나라에서 관직에 올라 17년을 살았다. 이후 여행기 『동방견문록』을 썼다.
- 퐁파두르 부인(Jeanne-Antoinette Poisson de Pompadour, 1721~64).

부르주아 출신으로 루이 15세의 총애를 받았고, 18세기의 문인들을 후원했다.

- 표트르 대제(Pyotre I, 1672~1725). 러시아 로마노프왕조의 4대 황제(재위 1682~1725).
- 프라이스, 로저(Roger Price, 1918~90). 미국의 희극작가이자 출판인으로, 1950년대 '드루들'이라는 풍자만화로 유명했다.
- 프리드리히 2세(Friedrich II, 1712~86). 프로이센의 계몽전제군주(재위 1740~86). 강력한 대외 정책을 추진하여 슐레지엔전쟁, 7년 전쟁을 일으켰다.
- 플랑탱, 크리스토프(Christophe Plantin, 1520~89). 플랑드르 안트베르펜의 인쇄 장정업자. 안트베르펜은 파리, 베네치아와 더불어 유럽의 인쇄 문화를 선도했던 도시로, 이곳의 플랑탱-모레투스 박물관은 이 인쇄업자의 이름과 이 사업을 물려받은 그의 사위 얀 모레투스의 이름을 딴 것이다.
- 플뢰리 주교(André Hercule de Fleury, 1653~1743). 프랑스의 성직자. 루이 15세의 사제였다.
- 필리프 2세(Philippe II, 1165~1223). 프랑스 카페왕조의 일곱번째 왕. 별칭은 '오귀스트'이다.
- 필리프 4세(Philippe IV, 1268~1314). 프랑스 카페왕조의 제11대 왕(재위 1285~1314). 프랑스 교회령 과세 문제로 교황 보니파시오 8세와 분쟁을 일으켜 교황청을 아비뇽으로 옮겼다. '미남왕'이라는 별명으로 불리기도 한다.
- 하위헌스, 크리스티안(Christiaan Huygens, 1629~95). 네덜란드의 물리학자, 천문학자. 토성의 고리를 발견하고 위성을 관측했다.
- 홀바인, 한스(Hans Holbein, 1497~1543). 독일 르네상스를 대표하는 화가이자 판화가.

작가 연보

1936 3월 7일 저녁 9시경 파리 19구 아틀라스 거리에 있는
      산부인과에서 폴란드 출신 유대인 이섹 유드코 페렉Icek
      Judko Perec과 시를라 페렉Cyrla Perec 사이에서 태어남.

1940 6월 16일 프랑스 국적이 없어 군사 징집이 되지 않았던
      아버지 이섹 페렉이 자발적으로 참전한 노장쉬르센
      외인부대 전장에서 사망.

1941 유대인 박해를 피해 일가 전체가 이제르 지방의
      비야르드랑스로 떠남. 페렉은 잠시 레지스탕스 종교인들이
      운영하는 비야르드랑스의 가톨릭 기숙사에 머물다 나중에
      가족과 합류함. 이후 어머니는 적십자 단체를 통해 페렉을
      자유 구역인 그르노블까지 보냄.

1942~43 파리를 떠나지 못했던 어머니 시를라가 12월 말경
      나치군에게 체포돼 43년 1월경 드랑시에 수감되며,
      2월 11일 아우슈비츠로 압송된 후 소식 끊김. 이듬해
      아우슈비츠 수용소에서 사망했을 것으로 추정.

1945 베르코르에서 가족들과 망명해 당시 그르노블에 정착해
      있던 고모 에스테르 비넨펠트Esther Bienenfeld가 페렉의 양육을
      맡음. 고모 부부와 함께 파리로 돌아와 부유층 동네인 16구

아송시옹 가街에서 학창생활 시작. 샹젤리제 등을 배회하며
유년기와 청소년기를 보냄.

1946~54 파리의 클로드베르나르 고등학교와 에탕프의 조프루아
생틸레르 고등학교(49년 10월~52년 6월)에서 수학.
53년과 54년 에탕프의 고등학교에서 그에게 문학, 연극,
미술에 대한 열정을 일깨워준 철학 선생 장 뒤비뇨Jean
Duvignaud를 만나 친분을 쌓았고, 동급생인 자크 르데레Jacques
Lederer와 누레딘 메크리Noureddine Mechri를 만남.

1949 전 생애에 걸쳐 세 차례의 정신과 치료를 받는데, 처음으로
프랑수아즈 돌토Françoise Dolto에게 치료받음. 이때의 경험은
영화 〈배회의 장소들Les lieux d'une fugue〉에 상세히 기록됨.

1954 파리의 앙리4세 고등학교의 고등사범학교 수험준비반
1년차 수료.

1955 소르본에서 역사학 공부를 시작하다가 그의 철학
선생이었던 장 뒤비뇨와 작가이자 53년 『레 레트르 누벨Les
lettres nouvelles』을 창간한 모리스 나도Maurice Nadeau의 추천으로
잡지 『N.R.F.』지와 『레 레트르 누벨』지에 독서 노트를
실으면서 문학적 첫발을 내딛음. 분실된 원고인 첫번째
소설 『유랑하는 자들Les Errants』을 집필함.

1956 정신과 의사 미셸 드 뮈잔Michel de M'Uzan과 상담 시작.
아버지 무덤에 찾아감. 문서계 기록원으로 첫 직업생활을
시작함.

1957 아르스날 도서관에서 아르바이트를 함. 문서화 작업과 항목
분류작업 체계는 그의 작품 주제에 대한 영감을 제공함.
결정적으로 이해에 학업을 포기함. 미출간 소설이자
분실되었다가 다시 되찾은 원고인 『사라예보의 음모L'Attentat
de Sarajevo』를 써서 작가 모리스 나도에게 보여주어 호평을

받음. 57년부터 60년 사이, 에드가 모랭이 56년에 창간한
잡지 『아르귀망*Arguments*』을 위주로 형성된 몇몇 그룹 회의에
참석함.

1958~59 58년 1월에서부터 59년 12월까지 프랑스 남부 도시 포에서
낙하산병으로 복무함. 전몰병사의 아들이라는 사유로
알제리 전투에 징집되지 않음. 59년에 『가스파르*Gaspard*』를
집필하나 갈리마르 출판사로부터 출간을 거절당함. 이후
『용병대장*Le Condottière*』으로 출간됨.

1959~63 몇몇 동료들과 함께 잡지 『총전선*La Ligne générale*』을 기획.
마르크스주의에 입각한 이 잡지는 비록 출간되지는
못했지만 이후 페렉의 문학적 사상과 실천에 깊은 영향을
미침. 이 과정에서 준비한 원고들을 이후 정치문화 잡지인
『파르티장*Partisans*』에 연재함.

1960~61 60년 9월 폴레트 페트라*Paulette Pétras*와 결혼해 튀니지
스팍스에 머물다, 61년 파리로 돌아와 카르티에라탱
지구의 카트르파주 가에 정착함.

1961 자서전적 글인 『나는 마스크를 쓴 채 전진한다*J'avance*
masqué』를 집필했으나 갈리마르 출판사로부터 출간을
거절당함. 이 원고는 이후 『그라두스 아드 파르나숨*Gradus*
ad Parnassum』으로 다시 재구성되나 분실됨.

1962 61년부터 국립과학연구센터CNRS에서 신경생리학
자료조사원으로 일하기 시작. 또 파리 생탕투안
병원의 문헌조사원으로도 일함. 78년 아셰트 출판사의
집필지원금을 받기 전까지 생계유지를 위해 이 두 가지
일을 계속함.

1962~63 프랑수아 마스페로*François Maspero*가 61년에 창간한
『파르티장』에 여러 글을 발표함.

1963~65 스물아홉의 나이에 『사물들 *Les Choses*』을 출간하며 문단의
커다란 주목을 받음. 그해 르노도 상 수상.

1966 중편소설 『마당 구석의 어떤 크롬 자전거를 말하는
거니? *Quel petit vélo à guidon chrome au fond de la cour?*』 출간.
『사물들』의 시나리오 작업을 위해 장 맬랑, 레몽 벨루와
함께 스팍스에 체류.

1967 3월 수학자, 과학자, 문학인 등이 모인 실험문학 모임
'울리포 OuLiPo'에 정식 가입. '잠재문학 작업실'이라는 뜻을
지닌 울리포 그룹은 작가 레몽 크노 Raymond Queneau와 수학자
프랑수아 르 리오네 François le Lionnais가 결성했는데, 훗날
페렉은 자신의 소설 『인생사용법』을 크노에게 헌정함. 9월,
장편소설 『잠자는 남자 *Un homme qui dort*』 출간.

1968 파리를 떠나 노르망디 지방의 물랭 당데에 체류. 자크
루보 Jacques Roubaud를 비롯한 울리포 그룹 일원들과 친분을
돈독히 함. 5월에 68혁명이 일어나자 물랭 당데에 계속
머물며 알파벳 'e'를 뺀 리포그람 장편소설 『실종 *La Dispari-
tion*』을 집필함.

1969 비평계와 독자들을 모두 당황하게 한 『실종』 출간. 피에르
뤼송, 자크 루보와 함께 바둑 소개서인 『오묘한 바둑기술
발견을 위한 소고 *Petit traité invitant à la découverte de l'art subtil du go*』
출간. 68혁명의 실패를 목도한 페렉은 이데올로기의
실천에 절망하며 이후 약 삼 년간 형식적 실험과 언어
탐구에만 몰두함. 『W 또는 유년의 기억 *W ou le souvenir d'enfance*』
을 『캥젠 리테레르 *Quinzaine littéraire*』지에 이듬해까지 연재함.

1970 페렉이 집필한 희곡 『임금 인상 *L'Augmentation*』이 연출가
마르셀 튀블리에의 연출로 파리의 게테-몽파르나스

극장에서 초연됨. 올리포 그룹에 가입한 첫 미국 작가 해리
매튜스Harry Mathews와 친분을 맺음.

1971~75 정신과 의사 장베르트랑 퐁탈리스Jean-Bertrand Pontalis와
정기적으로 상담함.

1972 『실종』과 대조를 이루는 장편소설 『돌아온 사람들Les Reve-
nentes』 출간. 이 소설에서는 모음으로 알파벳 'e'만 사용함.
고등학교 시절 스승인 장 뒤비뇨와 함께 잡지 『코즈
코묀Cause Commune』의 창간에 참여함.

1973 꿈의 세계를 기록한 에세이 『어렴풋한 부티크La Boutique
obscure』 출간. 올리포 그룹의 공동 저서 『잠재문학. 창조,
재창조, 오락La littérature potentielle. Création, Re-créations, Récréations』
이 출간됨. 페렉은 이 책에 「리포그람의 역사Histoire du
lipogramme」를 비롯한 짧은 글들을 게재. 『일상 하위의
것L'infra-ordinarie』을 집필함.

1973~74 영화감독 베르나르 케이잔과 함께 흑백영화 〈잠자는
남자〉 공동 연출. 이 영화로 매년 최고의 신진 영화인에게
수여하는 장 비고 상을 수상함.

1974 공간에 대한 명상을 담은 에세이 『공간의 종류들Espèces
d'espaces』 출간. 페렉의 희곡 『시골파이 자루La Poche Parmentier』가
니스 극장에서 초연되고 베르나르 케이잔이 영화로도
만듦. 해리 매튜스의 소설 『아프가니스탄의 녹색 겨자 밭
Les Verts Champs de moutarde de l'Afganistan』 번역, 출간. 플로베르의
작업을 다룬 케이잔 감독의 영화 〈귀스타브 플로베르Gustave
Flaubert〉의 텍스트를 씀. 파리의 린네 가에 정착, 본격적으로
『인생사용법』 집필에 몰두함.

1975 픽션과 논픽션을 결합한 자서전 『W 또는 유년의 기억』
출간. 잡지 『코즈 코묀』에 「파리의 어느 장소에 대한

173

완벽한 묘사 시도Tentative d'épuisement d'un lieu parisien」 게재, 이후
이 글은 소책자로 82년에 출간됨. 6월부터 여성 시네아스트
카트린 비네Catherine Binet와 교제 시작. 이후 비네는 페렉과
동거하며 그의 임종까지 함께함.

1976 화가 다도Dado가 흑백 삽화를 그린 시집『알파벳Alphabets』
출간. 크리스틴 리핀스카Christine Lipinska의 17개의 사진과
더불어 17개의 시가 실린『종결La Clôture』을 비매품 100부
한정판으로 제작함. 레몽 크노의『혹독한 겨울Un rude
hiver』에 소개글을 실음. 파리 16구에서 보냈던 유년기와
청소년기의 방황을 추적하는 단편 기록영화 〈배회의
장소들〉 촬영. 주간지『르 푸앵Le Point』에『십자말풀이Les
Mots Croisés』 연재 시작. 페렉이 시나리오를 쓴 케이잔 감독의
영화 〈타자의 시선L'œil de l'autre〉이 소개됨.

1977 「계략의 장소들Les lieux d'une ruse」(이후『생각하기/
분류하기』에 포함됨)을 집필함.

1978 에세이『나는 기억한다Je me souviens』 출간. 9월에 장편소설
『인생사용법』 출간. 이 작품으로 프랑스 대표 문학상
중 하나인 메디치 상을 수상하고 아셰트 출판사의
집필지원금을 받아 전업작가가 됨.

1979 아셰트에서 발간한 비매품 소책자『세종Saisons』에
처음으로 「겨울 여행Le Voyage d'hiver」이 발표됨. 이후 1993년
단행본으로 쇠유에서 출간.『어느 미술애호가의 방Un Cabinet
d'amateur』 출간. 크로스워드 퍼즐 문제를 엮은『십자말풀이』
가 출간되고, 이 1권에는 어휘 배열의 기술과 방법에 대한
저자의 의견이 선행되어 실려 있음. 86년에 2권이 출간됨.
로베르 보베르와 함께 미국을 여행하면서, 20세기 초
미국에 건너온 유대인 이민자들의 삶을 다룬 기록영화

〈엘리스 아일랜드 이야기. 방랑과 희망의 역사*Récits d'Ellis Island. Histoires d'errance et d'espoir*〉 제작. 이 영화 1부의 대본과 내레이션, 2부의 이민자들 인터뷰를 페렉이 맡음. 알랭 코르노 감독의 〈세리 누아르*Série noire*〉(원작은 짐 톰슨Jim Thompson의 소설 『여자의 지옥*A Hell of a Woman*』)를 각색함.

1980 영화의 1부에 해당하는 에세이 『엘리스 아일랜드 이야기. 방랑과 희망의 역사』 출간. 시집 『종결, 그리고 다른 시들 *La Clôture et autres poèmes*』 출간.

1981 시집 『영원*L'Éternité*』과 희곡집 『연극 I*Théâtre I*』 출간. 해리 매튜스의 소설 『오드라데크 경기장의 붕괴*Le Naufrage du stade Odradek*』 번역, 출간. 로베르 보베르의 영화 〈개막식*Inauguration*〉의 대본을 씀. 카트린 비네의 영화 〈돌랭장 드 그라츠 백작부인의 장난*Les Jeux de la comtesse Dolingen de Gratz*〉 공동 제작. 이 영화는 81년 베니스 영화제에 초청되며, 같은 해 플로리다 영화비평가협회FFCC 상을 수상. 화가 쿠치 화이트Cuchi White가 그림을 그리고 페렉이 글을 쓴 『눈먼 시선*L'Œil ébloui*』 출간. 호주 퀸스 대학의 초청으로 호주를 방문해 약 두 달간 체류. 그해 12월 기관지암 발병.

175

1982 잡지 『르 장르 위맹*Le Genre humain*』 2호에 그가 생전에 발표한 마지막 원고 「생각하기/분류하기」가 실림. 이 책은 사후 3년 뒤인 85년에 출간됨. 3월 3일 파리 근교 이브리 병원에서 마흔여섯번째 생일을 나흘 앞두고 기관지암으로 사망. 그의 유언에 따라 파리의 페르라셰즈 묘지에서 화장함. 미완성 소설 『53일*Cinquante-trois Jours*』을 남김. 카트린 비네의 영화 〈눈속임*Trompe l'oeil*〉에서 쿠치의 사진과 미셸 뷔토르의 시 「멍한 시선」과 더불어 페렉의 산문 「눈부신 시선」과 시 「눈속임」이 대본으로 쓰임.

　＊　1982년에 발견된 2817번 소행성에 '조르주 페렉'이라는
　　　이름이 붙여졌으며, 1994년 파리 20구에 '조르주 페렉
　　　거리 rue de Georeges Perec'가 조성되었다.

주요 저술 목록

저서(초판)

『사물들』
Les Choses
Paris: Julliard, collection "Les Lettres Nouvelles," 1965, 96p.

『마당 구석의 어떤 크롬 도금 자전거를 말하는 거니?』
Quel petit vélo à guidon chromé au fond de la cour?
Paris: Denoël, collection "Les Lettres Nouvelles," 1966, 104p.

『잠자는 남자』
Un homme qui dort
Paris: Denoël, collection "Les Lettres Nouvelles," 1967, 163p.

『임금 인상을 요청하기 위해 과장에게 접근하는 기술과 방법』
L'art et la manière d'aborder son chef de service pour lui demander une augumentation
L'Enseignement programmé, décembre, 1968, n° 4, p.45~66

『실종』
La Disparition
Paris: Denoël, collection "Les Lettres Nouvelles," 1969, 319p.

『돌아온 사람들』
Les Revenentes
Paris: Julliard, collection "Idée fixe," 1972, 127p.

『어렴풋한 부티크』
La Boutique obscure
Paris: Denoël-Gonthier, collection "Cause commune," 1973, non paginé, postface de Roger Bastide.

『공간의 종류들』
Espèces d'espaces
Paris: Galilée, collection "L'Espace critique," 1974, 128p.

『파리의 어느 장소에 대한 완벽한 묘사 시도』
Tentative d'epuisement d'un lieu parisien
Le Pourrissement des sociétés, Cause commune, 1975/1, Paris: 10/18 (n° 936), 1975, p.59~108. Réédition en plaquette, Christian Bourgois Éditeur, 1982, 60p.

178

『W 또는 유년의 기억』
W ou le souvenir d'enfance
Paris: Denoël, collection "Les Lettres Nouvelles," 1975, 220p.

『알파벳』
Alphabets
Paris: Galilée, 1976, illustrations de Dado en noir et blanc, 188p.

『나는 기억한다: 공동의 사물들 I』
Je me souviens. Les choses communes I
Paris: Hachette, collection "P.O.L.," 1978, 152p.

『십자말풀이』
Les Mots croisés
Paris: Mazarine, 1979, avant-propos 15p., le reste non paginé.

『인생사용법』
La Vie mode d'emploi
Paris: Hachette, collection "P.O.L.," 1978, 700p.

『어느 미술애호가의 방』
Un Cabinet d'amateur, histoire d'un tableau
Paris: Balland, collection "L'instant romanesque," 1979, 90p.

『종결, 그리고 다른 시들』
La Clôture et autres poèmes
Paris: Hachette, collection "P.O.L.," 1980, 93p.

『영원』
L'Éternité
Paris: Orange Export LTD, 1981.

『연극 I』
Théâtre I, La Poche Parmentier précédé de L'Augmentation
Paris: Hachette, collection "P.O.L.," 1981, 133p.

『생각하기 / 분류하기』
Penser/Classer
Paris: Hachette, collection "Textes du 20 siècle," 1985, 185p.

『십자말풀이 II』
Les Mots croisés II
Paris: P.O.L. et Mazarine, 1986. avant-propos 23p., le reste non paginé. 179

『53일』
Cinquante-trois Jours
Texte édité par Harry Mathews et Jacques Roubaud, Paris: P.O.L., 1989, 335p.

『일상 하위의 것』
L'infra-ordinaire
Paris: Seuil, collection "La librairie du 20 siècle," 1989, 128p.

『기원』
Vœux
Paris: Seuil, collection "La librairie du 20 siècle," 1989, 191p.

『나는 태어났다』
Je suis né
Paris: Seuil, collection "La librairie du 20 siècle," 1990, 120p.

『L 소프라노 성악가, 그리고 다른 과학적 글들』
Cantatrix sopranica L. et autres écrits scientifiques
Paris: Seuil, collection "La librairie du 20 siècle," 1991, 123p.

『총전선. 60년대의 모험』
L. G. Une aventure des années soixante
Recueil de textes avec une préface de Claude Burgelin, Paris: Seuil, collection "La librairie du 20 siècle," 1992, 180p.

『인생사용법 작업 노트』
Cahier des charges de La vie mode d'emploi
Edition en facsimiél, transcription et présentation de Hans Hartke,
Bernard Magné et Jacques Neefs, Paris: CNRS/Zulma, 1993.

『겨울 여행』
Le Voyage d'hiver
Paris: Seuil, collection "La librairie du 20 siècle," 1993.

『아름다운 실재, 아름다운 부재』
Beaux présents belles absentes
Paris: Seuil, 1994.

『엘리스 아일랜드』
Ellis Island
Paris: P.O.L., 1995.

『페렉 / 리나시옹』
Perec/rinations
Paris: Zulma, 1997.

180

공저

『오묘한 바둑기술 발견을 위한 소고』, 피에르 뤼송, 자크 루보와 공저
Petit traité invitant à la découverte de l'art subtil du go
Paris: Christian Bourgois, 1969, 152p.

『잠재문학. 창조, 재창조, 오락』, 울리포
La Littérature potentielle. Créations, Re-créations, Récréations
Paris: Gallimard/Idées, n° 289, 1973, 308p.

『엘리스 아일랜드 이야기. 방랑과 희망의 역사』, 로베르 보베르와 공저
Récit d'Ellis Island. Histoires d'errance et d'espoir
Paris: Sorbier/INA, 1980, 149p.

『눈먼 시선』, 쿠치 화이트와 공저
L'Œil ébloui
Paris: Chêne/Hachette, 1981.

『잠재문학의 지형도』, 울리포
Atlas de littérature potentielle
Paris: Gallimard/Idées, n° 439, 1981, 432p.

『울리포 총서』
  La Bibliothèque oulipienne
  Paris: Ramsay, 1987.

『사제관과 프롤레타리아. PALF보고서』, 마르셀 베나부와 공저
  Presbytère et Prolétaires. Le dossier PALF
  Cahiers Georges Perec no 3, Paris: Limon, 1989, 118p.

『파브리치오 클레리치를 위한 사천여 편의 산문시들』,

  파브리치오 클레리치와 공저
  Un petit peu plus de quatre mille poèmes en prose pour Fabrizio Clerici
  Paris: Les Impressions Nouvelles, 1996.

181

역서

해리 매튜스, 『아프가니스탄의 녹색 겨자 밭』
  Les verts champs de moutarde de l'Afganistan
  Paris: Denoël, collection "Les Lettres Nouvelles," 1974, 188p.

—, 『오드라데크 경기장의 붕괴』
  Le Naufrage du stade Odradek
  Paris: Hachette, collection "P.O.L.," 1981, 343p.

이충훈

작품 해설   삐딱한 시선으로 잃어버린
기억을 복원하기

조르주 페렉의 소설 『어느 미술애호가의 방』에는 하인리히 퀴르츠
라는 허구의 화가가 그린 기이한 그림 〈어느 미술애호가의 방〉이 등
장한다. 이 놀랍고 경이로운 그림은 100여 점의 그림이 섬세히 그려
진 어느 미술애호가의 방을 재현한 것인데, 그림 속에서 미술애호가
가 바라보는 그림에는 〈어느 미술애호가의 방〉 전체가 축소되어 들
어 있고, 그 그림 속에는 다시 그 미술애호가가 바라보고 있는 〈어
느 미술애호가의 방〉 전체가 한층 더 축소되어 들어 있다. 이런 식
으로 끝없이 이어지는 액자 구조를 보여주는 게 바로 그 소설이다.

　　그 시선의 축을 따라가다보면 자신이 수집한 그림들을 바
　　라보고 있는 그의 모습을 그린 또하나의 그림이 벽에 걸려
　　있는 것을 발견할 수 있다. 다시 말해, 그림 〈어느 미술애
　　호가의 방〉 속에는 정확성을 유지한 채 첫번째 복제, 두번
　　째 복제, 세번째 복제가 이어지고 있으며, 캔버스 위에 미
　　세한 붓터치 말고 아무것도 남지 않을 때까지 복제가 반복
　　되고 있다. 요컨대, 그림 〈어느 미술애호가의 방〉은 단순히
　　개인 미술관의 평범한 재현이 아니다. 연속되는 반사 유희
　　와 점점 더 세밀해지는 반복이 만드는 마법적인 매력, 완벽

하게 몽환적인 세계 속에서 끊임없이 동요하는 작품이다.
(25-26쪽)

페렉이 소설 속에서 창조한 허구의 미술작품 〈어느 미술애호가의
방〉은 완전한 전체가 그보다 작은 전체 안에 무한히 포개지는 러시
아의 마트료시카 인형을 연상시킨다. 그래서 관람자가 그림 속 인물
의 시선을 따라갈 때, 그 그림은 차례로 '복제'되어 거울에 반사되듯
끊임없이 연쇄되어나갈 것이다.

184

그러나 퀴르츠는 이 그림을 무한히 복제하여 반복하는 데 그친
게 아니다. 이 그림을 관람했던 미술애호가들은 "퀴르츠가 그림을
온전하게 복제하지 않으려 노력했고 매 단계마다 미세한 차이를 만
들어내면서 일종의 장난스러운 즐거움을 누렸을 것이라는 사실을
깨달았다. 복제 그림의 단계가 바뀔 때마다 그림 속 인물이나 세부
요소가 사라지거나 위치가 변경되거나 다른 것으로 대체되었기 때
문이다."(28쪽) 그들이 무심하게 그림을 바라보았을 때 똑같은 그
림의 반복으로 여겼던 것이, 사실은 원본에 대한 무한한 '변주'였던
것이다. 그리하여 이를 알아차린 관람자는 이전에 구분하기 어려웠
던 그림들 간의 미세한 차이를 비로소 지각하고 놀라움을 느낀다.

* * *

페렉은 이처럼 일상에서 '예술'이 갖는 의미를 새로운 방식으로 탐
색한다. 우리가 동일한 사물과 사건의 '반복'을 지각할 때 지식을 얻
는다면, 그렇게 반복되는 사물들과 사건들 사이에 존재하는 말로 설
명하기 어려운 미세한 차이를 세심히 구분하는 일은 예술가의 몫일
것이다. 일상을 무료하고 단조롭게 만드는 '반복'의 마취 속에서, 끝
없는 '반복'에서 '변화'가 일어나고 있음에 주목하고 그 변화가 만들

어내는 '차이'를 가시화하려면 여간한 재능과 감각으로는 불가능할 것이다.

　그런데 그 '차이'들은 어떻게 지각될까? 보통 우리의 감각은 반복되는 일상의 미묘한 변화들을 지각하는 데 둔하고 서툴다. 삶을 패턴으로 파악한다면, 차이는 지워지고, 변화는 부정되는 까닭이다. 감각은 쉽게 마비되고, 사물들이 만들어내는 미묘한 차이는 오랜 연습과 남다른 취향이 아니고서는 포착되기 어렵다.

　그러나 이 모든 것이 시와 예술의 조건이다. 페렉은 이 책『생각하기/분류하기』에 포함된「읽기: 사회-생리학적 개요」에서 보고 읽는다는 '독서(독해)' 행위를, 시선의 문제를 다음과 같이 강조한다.　185

　눈은 문자를 하나씩 차례로 읽지 않으며, 단어를 하나씩 차례로 읽지 않으며, 행을 하나씩 차례로 읽지 않는다. 눈은 단속적 도약과 고정적 주시를 통해 나아가며, 동시에 고집스럽게 읽은 것을 또 읽으면서 독서의 장場 전체를 탐색해 나간다"(97~98쪽)

독서 역시 인간이 행하는 숱한 행위들 중 하나고, 그러므로 독서는 사회적 문화적 맥락에 좌우되기에 앞서 생리적 감각의 조건에 좌우된다. 우리의 독서 '행위'가 우리가 생각하는 것만큼 일관되거나 보편적이지 않다는 사실, 이는 흔히 무시되곤 한다. 감각이 자주 놓치고, 더하고, 반복하고, 과장하는 만큼, 독서의 결과도 천차만별이다. 이는 그림을 보든 글자가 만들어내는 풍경을 읽든, 우리의 생리적 감각세계와 사회적 지각세계가 만나 우리에게 구성되는 수만 가지 가능한 세계의 조합을 암시한다. 〈어느 미술애호가의 방〉에서 관람자들이 서양미술사에서 잘 알려진 명작들을 먼저 포착한 후, 뒤늦게야 그림 속 그림이 관람자가 보고 있는 그림의 반복이라는 사실을 알게 되듯이, 우리의 생각도 눈처럼 '단속적 도약과 고정적 주시'를 통해 일상의 장을 탐색해나가는 것이다. 더욱이 복제라고 생각했던 그림 속의 무수한 그림들에, 한 장 한 장 지나가는 일상의 나날들에 '차이'가 존재함을 깨닫게 되려면, 한층 더 세심한 시선이 필요하다. 남다른 '시선'이, 흔한 지각을 보충해줄 또다른 '방식'이 필요하다. 인간이 사회화하면서 가장 먼저 하게 되는 기본적이고도 흔한 행위 중 하나가 '읽기'이므로, 작가로서 페렉은 이 행위를 오랫동안 다각도에서 탐색한다. "모로 읽기, 삐딱한 시선으로 읽기"(100쪽)라고 명명하고 이를 실행한 페렉의 글쓰기 방식도 여기서 출발하지 않았을까? 그렇다면 그런 독서의 '기술'은 무엇을 포착하게 해줄까? 막연한 시선, 수동적인 독서로는 놓치기 일쑤인, 굴곡과 입체감을 사물에 되돌려주는 일이리라.

186

이런 맥락에서 페렉이 작업대에 놓인 사물들을 꼼꼼히 기록하고 있는 「내 작업대에 있는 물건들에 관한 노트」를 잠시 읽어보자. "나중에 작업이 진전되고 있거나 제자리걸음을 하게 되면 내 작업대는 이런저런 물건으로 가득 차는데, 이중에는 단지 우연찮게 모인 것(전지가위, 접이식 자)도 있고, 일시적 필요에 의해 모인 것도 있다(커피 잔). 어떤 것은 몇 분 있다가 치워지고, 어떤 것은 며칠씩 있기도 하고, 필시 우발적으로 가져온 것일 어떤 것은 계속 거기 놓여 있기도 할 것이다."(20쪽) 작업대에 올라온 사물들은 필시 글을 쓰는 데 필요한 것으로 한정되지 않는다. 곰곰 생각해본다면 쓰임새가 전혀 다른 물건들이 그토록 많이, 그토록 자주, 그토록 오랫동안 필기구 옆에 놓여 있다는 사실은 놀랍기만 하다. 그 사물들은 작가의 변덕, 작업의 지체, 정돈되지 않은 생각의 증거일 수도 있으리라. 하지만 확실한 점은 페렉의 작업대 위 사물들이 의식적이든 무의식적

이든 그의 글쓰기 행위에 동반되었으며, 그의 작업대 위 사물들이
글을 쓰는 시간에 비례하여 다음처럼 증가했다는 점이다.

> 등 하나, 담배 상자, 꽃 한 송이만 꽂는 꽃병, 불붙이개, 색색
> 의 작은 카드가 들어 있는 마분지 상자, 삶아 굳힌 마분지로
> 만들어 비늘 상감을 새긴 대형 잉크병, 유리로 된 연필꽂이,
> 돌 몇 개, 나무를 잘 다듬어 만든 상자 세 개, 자명종, 누름
> 단추가 달린 달력, 납덩어리, 대형 시가 상자(시가는 없고
> 자질구레한 물건만 가득하다), 답장을 써야 하는 편지들을
> 밀어넣을 수 있는 나선형 편지꽂이, 반들반들하게 연마된
> 돌로 만든 단도 자루, 장부, 노트 몇 권, 철하지 않은 종이 뭉
> 치, 글 쓰는 데 필요한 여러 가지 기구 또는 보조물, 커다란
> 압지틀, 책 여러 권, 연필이 가득 들어 있는 유리잔, 금박을
> 입힌 작은 나무상자……(22쪽)

그의 작업대에 올라온 사물들의 긴 목록을 읽으면 독자는 당황스러
워진다. 그 사물들은 왜 그곳에 있는가? 그 사물들의 목록은 어디까
지 늘어날 것인가? 그 사물들은 그의 '글'과 어떤 관련이 있는가? 페
렉이 열거한 사물들은 그저 글을 쓰기 위해 사용하는 작업 '도구'가
아니라, 그가 쓰고 있는 글의 앞에, '주변'에 놓인 어떤 '구실prétexte'
이다. '구실'이라는 단어의 어원 그대로 텍스트의 앞, 텍스트 주변에
존재하는 사물인 것이다. 페렉이 이런 열거를 여러 차례 '반복'한다
는 점에 주목하자(「책을 정리하는 기술과 방법에 대한 간략 노트」
34쪽, 「열두 개의 삐딱한 시선」 49~50쪽, 「읽기: 사회-생리학적 개
요」 101쪽). 하지만 이 책에 등장하는 사물의 목록을 비교해보면 열
거된 사물들은 겹치기도 하고, 차이가 있기도 하다는 점을 알게 된

다. 페렉의 시선이 지각하는 사물들은 원래부터 가졌다고 간주되는 그것의 사용가치가 아니라, '책은 아니지만 책장에서 자주 볼 수 있는 물건'(34쪽)처럼 사용가치가 '거의' 완전히 사라졌다는 특징이 있다. 이제 그에게 중요한 일은 자기가 그 물건들을 왜 그곳에 두었는지가 아니라, 어느 쪽으로도 분류하기 힘든 그 물건들이 '우연히' 그리고 '잠정적으로' 지금 그곳에 '존재'하고 있다는 사실이다. 페렉은 그 존재 자체를 하나의 '사건'처럼 바라본다.

　　사물들 사이에 발견되는 이질성이 자주 우리를 당황스럽게 한다면, 그것은 사물들 사이에서 그들 사이의 관계를 정의하고 분류하는 데 '익숙하지 않은' 시선의 무력함 때문이다. 무력한 시선은 단호한 결심으로 '정돈'을 시도하여, 그 관계를 제게 '익숙하고' '편안한' 방식으로 '재조정'하고 '재구성'하고자 하지만, 경험적으로 이상적이고 완벽한 조정이란 불가능에 가깝다. 그것은 "완성된 것에 대한 환상"이며, 우리는 그 "환상과 파악할 수 없는 것을 마주했을 때 생기는 현기증 사이를 부단히 오간다"(37쪽).

188

* * *

사물들 사이의 상투적인 '관계'를 고정하는 대신, 그 '사이'를 응시하는 시선이 겪게 될 '현기증'이 페렉이 쓰는 글의 주제다. 그의 "삐딱한" 시선은 사물들을 옭아매고 규정하는 관계를 뒤흔든다. 그는 하나의 시선이 아니라 복수의 시선, 똑바로 응시하는 시선이 아니라 비스듬히oblique 바라보는 시선으로 제 앞에 놓인 사물들의 일반적이고 일상적인 관계를 무력화한다. 김호영은 이에 대해『어느 미술애호가의 방』옮긴이 후기에서, 페렉이 "삶의 중요한 사건들, 물건들, 인물들에 가려 우리가 보지 못하고 지나치는 무수한 '나머지들'에 대해 상세히 기록"하면서 "우리에게 너무 익숙해서 보이지 않는 것들, 우리 시선의 무의식 지대에 놓여 있는 것들의 세심한 묘사

와 끈질긴 나열을 통해 복원함으로써 우리의 삶을 이루는 모든 요소
들에 '존재론적 평등성^{égalité ontologique}'을 부여하고자 했다"(앞의 책,
126쪽)는 점에 주목한다. 우리의 시선은 사물들 사이에 존재하는
완강한 관계에 익숙해졌으며, 사물들의 고집스러운 부동성 앞에서
시선은 무뎌지고 무기력해진다.

그러나 사실 그토록 완강하고 고집스럽게 제자리를 지키는 것
처럼 보였던 사물들은 끊임없이 진동하고 있었고, 무언가 변화하고
있었다. 이 사실은 오랜 시간이 지나야 드러날 뿐이다. 말하자면 페
렉이 시도하는 분류와 목록화 작업은, 감각이 포착한 사물들의 단순
한 '기록'이기에 앞서, 감각의 '역사화'라고 할 수 있다. 자기 작업의
지형을 여러 시점에서, 여러 날에 걸쳐, 관측하고 분류하고 그 '추이'
를 기록한 글쓰기, 다시 말해 페렉의 이런 글쓰기 작업을 그 '변화-
차이-지표'를 자료 삼아 공간을 입체화하는 측량기사의 작업과 비
교할 수 있지 않을까? 그런 '반복'이 필요한 것은 흔히 말하듯 감각
이 자주 우리를 속이기 때문이 아니라, 감각으로 얻은 지식을 평균
화할 때 당연하게도 '차이'가 지워지기 때문이다. 페렉에게 이는 결
코 사소한 일이 아니다. 이때 문제는 사물에 대한 정확한 지식을 갖
는 것보다, 시간에 따라 사물과 내가 서로 영향을 주고받으며 발생
하는 '변화'를 있는 그대로 포착하는 일이다.

어떤 점에서 페렉의 이러한 태도를 '강박적'이라고 볼 수도 있
을 것이다. 정신분석 치료를 받은 4년을 회고한 기록 「계략의 장소
들」에서, 페렉은 자기가 "남긴 흔적을 잃어버리면 어쩌나 하는 공포
심에 사로잡혔기 때문에 광적으로 보관하고 분류하게 되었다"고 고
백한다. 그는 "하나도 버리지 않았다. 편지는 봉투째 보관했고, 영
화관에서 발급받은 외출표, 비행기 티켓, 고지서, 수표책 원부, 팸
플릿, 영수증, 카탈로그, 출석 통지서, 주간지, 마른 펜, 다 쓴 라이
터, 6년 전에 이사를 나와 더는 살지 않았던 아파트와 관련한 가스

189

와 전기 요금 영수증도 보관해두었다."(59쪽) 그러나 그의 '광적이라고 해야 할 수집벽과 분류벽'은, 김호영의 말대로 "생의 모든 것을 앗아가는 시간의 폭력에 맞서 우리의 삶을 이루는 일상의 소소한 것들을 가능한 한 오래 남겨두고자 하는 그의 소박한 소망"(앞의 책, 126쪽)의 표현이기도 하다. "나에겐 유년기에 대한 기억이 없다"라거나 "나와 유년기를 이어주는 끈이 어디에서 끊겨졌는지 모르겠다"라고 말하듯(『W 또는 유년의 기억』, 이재룡 옮김, 펭귄클래식코리아, 17쪽과 24쪽), 더는 기억으로 존재하지 않는 것을 되찾게 해줄 유일한 가능성으로 남은 사물들, 더 정확히 말하면 '사물들에 대한 꿈'은, 페렉에게는 간절하게 매달릴 수밖에 없는 생의 마지막 수단이기도 하다.

190

그런데 페렉은 그렇게 남은 사물들이 한결같은 방식으로 예전 모습 그대로 남아 있다고 보지 않는다. 사물들 역시 변하고, 그 '변화'의 추이를 잊은 시선은 시간이 흐른 뒤 더는 그 사물들을 기억하지 못한다. 말 그대로 말 이전에 존재한 것이기에 말로 설명할 수 없는 어떤 일이 내 안에서, 내가 사는 세상에서 일어났다. 처음에 그는 언젠가 그 '사건'의 전말을 고스란히 설명하고 글로 옮길 수 있으리라 생각했다. 그러나 자기 안에서 너무도 "느릿느릿하게 일어났"(60쪽)던 변화를 "발견하고, 찾고, 이해하고, 마침내 이해하게 되고, 진실의 빛으로 환해"(52쪽)지도록 하기란 요원한 일이었다. 페렉은 그 갑갑할 정도로 기나긴 작업을 "가능한 모든 조합을 차례차례 하나도 남김없이 전부 시도해본 끝에 어느 날 내가 찾던 이미지를 얻게 된"(59쪽) 퍼즐 맞추기와 비교한다. 그는 자신이 그토록 찾던 이미지를 얻기 위해 똑같은 퍼즐을 몇 번이나 쌓고 또 부쉈어야 했을까? 영 들어맞지 않는 부분에서 어떤 조각이 영원히 사라져버린 것은 아닐까 하고 몇 번을 절망했을까? 그러므로 페렉의 고집스러운 반복과 열거는 그것이 존재했고 존재한다는 확신조차 할 수 없으면서도, 자신의 기억, 동시대 사람들의 기억의 빈 곳을 성실하게 복원하려는 한 가지(그러나 겹치지 않는 방법으로 계속해나가는) 노력일 것이다. 그러나 언제고 결정적인 완전한 복원에 이르기 직전, 그는 "기어코 완성되고야 마는 하나의 퍼즐처럼 계속해서 써나가면서, 이 이미지가 가시화되어갈 바로 그 순간을 끊임없이 유예"(13쪽)한다. 그것은 여러 차례의 복원에도 끝끝내 분류되지 않은 채 남아 있는 기억의 조각에 숨을 불어넣어 제자리를 찾아주고자 하기 때문일 것이다.

191

지은이 조르주 페렉Georges Perec

1936년 파리에서 태어났고 노동자계급 거주지에서 어린 시절을 보냈다. 이차대전에서 부모를 잃고 고모 손에서 자랐다. 소르본 대학에서 역사와 사회학을 공부하던 시절 『라 누벨 르뷔 프랑세즈』 등의 문학잡지에 기사와 비평을 기고하면서 글쓰기를 시작했고, 국립과학연구센터의 신경생리학 자료조사원으로 일하며 글쓰기를 병행했다. 1965년 첫 소설 『사물들』로 르노도 상을 받고, 1978년 『인생사용법』으로 메디치 상을 수상하면서 전업 작가의 길로 들어섰으나, 1982년 45세의 이른 나이에 기관지암으로 작고했다. 길지 않은 생애 동안 『잠자는 남자』『어렴풋한 부티크』『공간의 종류들』『W 또는 유년의 기억』『나는 기억한다』 『어느 미술애호가의 방』『생각하기/분류하기』 『겨울 여행』 등 다양한 작품을 남기며 독자적인 문학세계를 구축했으며, 오늘날 20세기 프랑스 문학의 실험정신을 대표하는 작가로 꼽힌다.

옮긴이 이충훈

서강대학교 불어불문학과를 졸업하고 같은 학교 대학원에서 불문학을 공부했다. 프랑스 파리 제4대학에서 「단순성과 구성: 루소와 디드로의 언어와 음악론 연구」로 문학박사 학위를 받았다. 현재 한양대 프랑스언어문화학과 교수다. 페렉의 『임금 인상을 요청하기 위해 과장에게 접근하는 기술과 방법』, 사드의 『규방철학』, 디드로의 『미의 기원과 본성』『백과사전』 『듣고 말하는 사람들을 위한 농아에 대한 편지』 『자연의 해석에 대한 단상들』『인간 불평등 기원론』, 장 스타로뱅스키의 『장 자크 루소 투명성과 장애물』『자유의 발명 1700~1789 / 1789 이성의 상징』, 샤를 보들레르의 『리하르트 바그너』, 엑토르 베를리오즈의 『베토벤과 아홉 교향곡』 등을 번역했고, 『우리 시대의 레미제라블 읽기』를 공동으로 펴냈다.

조르주 페렉 선집 5
생각하기/분류하기

1판 1쇄	2015년 10월 30일
1판 3쇄	2024년 3월 22일
지은이	조르주 페렉
옮긴이	이충훈
기획	고원효
책임편집	송지선
편집	허정은 김영옥 고원효
디자인	슬기와 민
저작권	박지영 형소진 최은진 서연주 오서영
마케팅	정민호 서지화 한민아 이민경 안남영 왕지경 정경주 김수인 김혜원 김하연 김예진
브랜딩	함유지 함근아 고보미 박민재 김희숙 박다솔 조다현 정승민 배진성
제작	강신은 김동욱 이순호
제작처	영신사
펴낸곳	(주)문학동네
펴낸이	김소영
출판등록	1993년 10월 22일 제2003-000045호
주소	10881 경기도 파주시 회동길 210
전자우편	editor@munhak.com
대표전화	031-955-8888
팩스	031-955-8855
문의전화	031-955-1927(마케팅) 031-955-2646(편집)
문학동네 카페	http://cafe.naver.com/mhdn
인스타그램	@munhakdongne
트위터	@munhakdongne
북클럽문학동네	http://bookclubmunhak.com
ISBN	978-89-546-3825-8 03860